Não se esqueça de Paris

Deborah McKinlay

Não se esqueça de Paris

Tradução
Claudio Carina

GLOBOLIVROS

Título original: *That part was true*

Texto fixado conforme as regras do Novo Acordo Ortográfico da Língua Portuguesa
(Decreto Legislativo nº 54, de 1995)

Editor responsável: Eugenia Ribas-Vieira
Editor assistente: Sarah Czapski Simoni
Preparação de texto: Fabiana Medina
Revisão: Jane Pessoa e Ana Maria Barbosa
Paginação: Linea Editora Ltda.
Capa: Melinda Beck

1ª edição, 2014

Direitos de edição em língua portuguesa para o Brasil
adquiridos por Editora Globo S.A.

CIP-Brasil. Catalogação na Publicação
Sindicato Nacional dos Editores de Livros, RJ

M429a

McKinlay, Deborah
Não se esqueça de Paris / Deborah McKinlay ; [tradução Claudio Carina]. – 1. ed. – São Paulo : Globo,, 2014.
208 p. : il. ; 23 cm.

Tradução de: That part was true
ISBN 978-85-250-5784-6

1. Romance inglês. I. Título.

CDD: 823
14-14065 CDD-821.111-3

Direitos de edição em língua portuguesa para o Brasil
adquiridos por Editora Globo S.A.
Av. Jaguaré, 1485 – 05346-002 – São Paulo / SP
www.globolivros.com.br

Para meu pai

Agradeço a Alexandra Machinist e Deb Futter

Prezado sr. Cooper,

Eu poderia entrar em contato direto por e-mail, mas o esforço de escrever à mão vai me estimular a escolher as palavras com cuidado, e estou ciente de que escrevo para um autor.

Gostaria de dizer que apreciei muito seu livro, Letras mortas. *A cena em que Harry Gordon come o pêssego ("inclinado e segurando a gravata de seda verde com um braço, enquanto o suco manchava o punho da outra manga") inseriu um momento de verão num dia úmido inglês. E me lembrou, também, do prazer quase decadente de comer frutas bem maduras — uma raridade, infelizmente.*

Com um abraço,
Eve Petworth

Prezada sra. Petworth,

Muito obrigado por suas palavras gentis. É sempre emocionante ouvir leitores e ainda mais receber uma carta. (Uma raridade, infelizmente.)

Concordo com você quanto à fruta. Em geral, nós também recebemos os produtos plastificados. Uma vez li que frutas ainda não maduras servem apenas para o que vocês, britânicos, chamam de geleia. Nunca fiz geleia, mas sua carta me fez pensar sobre o valor de se esforçar para fazer algo. Talvez eu me arrisque.

Atenciosamente,
Jackson Cooper

Capítulo Um

— Oláááá!

Jack conhecia aquele "olááá" e em qualquer outra ocasião teria ficado profundamente irritado. Mas às cinco horas da tarde, depois de passar a maior parte do dia ponderando sobre o recente fracasso de seu segundo casamento, qualquer distração seria bem-vinda. Era Lisa Milford, que morava do outro lado da rua, a Sea Lane.

— Jackson, acabei de saber sobre você e Marnie — disse ela.

Lisa entrou antes de ser convidada, pela porta da cozinha, como costumava fazer. Era uma tagarela e encontrara em Marnie uma boa ouvinte.

— Sinto muito, muito mesmo — disse.

Era óbvio que Lisa tinha jogado tênis, pois usava as roupas adequadas. Era uma mulher mignon, de cabelos escuros e reluzentes, e o vestido a faria parecer uma boneca perfeita se não revelasse as sardas salpicadas nos braços descobertos.

Cansado da própria companhia, Jack sorriu e a cumprimentou com carinho, mais do que em qualquer outra ocasião. Até aquele momento Lisa Milford tinha sido um elemento periférico em sua vida, como o leve zumbido de máquinas distantes — facilmente ignorado.

Mas nesse final de tarde ele a recebeu, e ambos se sentaram nas cadeiras de madeira da cozinha, ladeando a mesa e voltados um para o outro — pés alinhados, torsos relaxados, conversando com facilidade, como camaradas, pais esperando no portão de uma escola, ligados pela força de experiências em comum. O marido de Lisa a havia deixado depois de ter um caso no verão passado. Jack sentiu que o mínimo que poderia fazer seria oferecer um drinque para a mulher.

E depois outro.

E então, apesar de toda a tagarelice da vizinha, o cérebro de Jack se desligou, e a sirene da natureza despertou nele outros sentidos.

Lisa era uma solitária, que havia três anos sentia o efeito magnético da presença de Jackson Cooper, e aconchegou-se num instante, respondendo ao primeiro leve sinal da mão que ele passou por sua cintura. Por isso, Jack não precisou ser muito ativo no encontro que se seguiu ao esbarrão acidental entre os dois após a terceira taça de vinho que serviu para ela. Poucos minutos depois, no que o corretor de imóveis havia chamado de "jardim de inverno", e ninguém tinha chamado de nada desde então, Jack deitou com ela no sofá azul e branco em que Marnie gostava de ficar observando o pôr do sol, e as mãos muito bem cuidadas de Lisa tocaram o peito dele com bastante prazer.

Jack, cujo interesse naquela relação não passava de um entusiasmo instintivo, teria seguido em frente assim mesmo, mas, quando Lisa se contorceu para remover a última barreira para consumar o fato, soltou uma risadinha infantil que acionou algo no âmago dele. Seus sentidos se revigoraram. Ou melhor, não se revigoraram. A natureza, que até minutos antes dominava seu funcionamento físico e mental, de repente o abandonou por completo.

Lisa não percebeu esse momento. Virou-se novamente para ele e avançou com uma intenção clara e vigorosa. Mas aos poucos sua respiração perdeu o ritmo e voltou ao normal.

— Ja-ack? — chamou, baixando os olhos para ele.

Jack olhou para o rosto dela, fitou seus olhos e viu uma mulher comum, humana demais. E desistiu, afastou o quadril e se sentou.

— Desculpe, querida — disse, afastando o cabelo da testa e se levantando para desalojá-la.

Lisa, em pé e nua, teve um leve tremor e disse com suavidade:

— Não se preocupe, Jack. *Eu não sou* gay. — Jack a encarou. — E provavelmente Marnie sempre foi — acrescentou Lisa depressa e, imaginou, com solidariedade. — Ninguém torna uma pessoa gay, elas já *são* gays.

Sem dizer nada, Jack abotoou a calça e pegou a roupa de tênis de Lisa.

— Obrigada — disse Lisa, pegando o vestido, mas, em vez de vesti-lo, ficou segurando na mão, cobrindo os seios. — Talvez fosse melhor irmos até minha casa para relaxar — sugeriu. — Tomar um drinque e entrar na banheira, algo assim. — Aproximou-se mais dele e encostou quatro dedos macios e entusiasmados em sua bochecha.

Jack, segurando-a pelo pulso, afastou a mão dela como se estivesse tirando uma lagarta da salada e desvencilhou-se do abraço.

— Esta noite não vai rolar — disse. Depois sorriu, para amenizar a mensagem, aliviado ao ver Lisa finalmente se mobilizando para se vestir. Pareceu pequena e vulnerável quando abaixou-se para apanhar a lingerie. — Desculpe, querida... Vamos fazer alguma coisa esta semana. Eu te ligo.

— Promete? — ela perguntou.

— Prometo.

Lisa ainda alisava o vestido de tênis quando ele abriu a porta.

* * *

Muito mais tarde, e bem mais bêbado, Jack pegou um cartão-postal na primeira gaveta da grande mesa de carvalho que tinha no escritório. De um lado havia uma foto do mar, uma gloriosa massa azul-turquesa. Mas seu olhar foi para um barco vermelho, mal esboçado, no canto superior direito. Era uma foto chamativa, reprodução de uma pintura a óleo de outra vizinha, Julie Hepplewhite, dona de uma combinação de galeria com estúdio na Melon Walk. O tipo de lugar, Jack havia notado, que a região de Hamptons, especificamente Grove Shore, parecia ter aos montes — ostensivamente pitoresco e um pouco forçado, embora a Julie's — o nome da galeria na Melon — fosse uma das melhores, em sua opinião. Pelo menos a proprietária sabia pintar.

Mas naquele momento, observando o trabalho dela, iluminado por uma luminária de mesa articulável, não sentiu nada intenso em relação a Julie, à pessoa dela. Ela tinha sido uma conquista banal, o oposto da bagunça abortada desta noite. A continuação natural da volta para casa tarde da noite depois de uma festa, algo tão rotineiro quanto amarrar os sapatos. O incidente tinha quase sido esquecido pelos dois. Na galeria, se Jack aparecesse com um grupo de turistas num sábado ocioso para observar as paredes e comprar alguns cartões-postais, sem segundas intenções, Julie sorriria e diria: "Oi, Jack", depois de fechar uma venda. E ele retribuiria o cumprimento. Nada demais.

Virou o cartão e pegou uma caneta preta de uma caneca que fazia as vezes de porta-lápis e que, como sempre, tinha uma dúzia de canetas iguais, e escreveu:

> *Querida Eve Petworth,*
> *Você é cozinheira?*
> *Jack Cooper*

* * *

Nas profundezas do interior britânico, em uma casa que poderia servir de propaganda para a região, Eve Petworth moveu uma fotografia bem enquadrada numa moldura de prata alguns centímetros para a esquerda, abrindo espaço para um vaso de flores de cristal no topo de um piano que raramente era tocado. Tirou as flores amarelas do vaso, distraída, e por um instante levou-as até o rosto. Foi um gesto vago; ela estava preocupada, não prestou muita atenção no perfume. Em todo caso, o perfume daquelas rosas — *Celebração Dourada*, ela sabia — era tão familiar para Eve quanto o cheiro de cera, ou de folhas de louro, ou de casca de limão. Logo depois ela se virou e viu Izzy.

Izzy, que tinha entrado atrás da mãe, atravessou a sala decidida. Abriu a trava de uma janela e empurrou o painel como se fosse sair voando.

Por um instante, Eve ficou esperando, um tanto tímida, a filha, e Izzy fez o mesmo com a mãe, até que lhe dissesse o que fazer. Não teve de esperar muito.

— Vamos tomar um Campari — anunciou Izzy. A luz do sol, agora atrás dela, enfatizava o dourado de seus cabelos.

Aquele loiro indomável, pensou Eve, tão dramático comparado aos seus próprios cabelos castanho-avermelhados e desbotados.

— Vamos — concordou. Eve detestava Campari.

Depois as duas comeram uma caçarola de faisão. Eve tinha tirado a comida do freezer naquela manhã, removendo-a do recipiente de plástico e reaquecendo-a sem cerimônia, ignorando o adesivo sobre a embalagem que, escrito por ela mesma, alertava: "Molho precisa de tempero". Precisava mesmo de tempero, pensou depois da primeira mordida apreensiva. Pegou uma pitada de sal da vasilha de prata à sua frente e espalhou sobre o prato, mas isso não ajudou muito.

Izzy não fez nenhum comentário sobre o molho, observando apenas, com uma leve e quase inconsciente repreensão, que a caçarola de faisão seria mais adequada no inverno do que num almoço em junho. Ela tinha razão, é claro. Mas, nessa ocasião em particular, Eve não estava com a menor vontade de cozinhar. Aquela data marcava o aniversário de morte da mãe de Eve, avó de Izzy. Virginia Lowell havia morrido numa tarde fresca e luminosa, muito parecida com essa, exatamente doze meses atrás. Marcar a ocasião foi ideia de Izzy.

— Eu vou até aí, mamãe — propôs, quase gritando, ao ligar de Londres na semana anterior.

Eve ouvia o trânsito do outro lado da linha e imaginou Izzy, vestindo um moderno traje de trabalho, correndo de um compromisso importante para outro, percorrendo o trajeto com brio e firmeza.

— Deveríamos ao menos curtir um almoço agradável juntas. Não podemos nos comportar como se fosse um dia normal.

Eve sentiu certa reprovação na declaração e consentiu, como sempre fazia com Izzy. A filha desligou o telefone sem mais, deixando a mãe sozinha com o aparelho mudo na orelha. A programação estava definida.

Agora Izzy se remexia à cabeceira da mesa. Do quarto em que dormia quando era criança, e que ainda usava em suas visitas, tinha trazido um pequeno retrato da avó e o apoiou na cadeira como uma grinalda num santuário, um fantasma observando as duas enquanto comiam. Inclinou a taça de vinho para o rosto vivaz e disse:

— Saúde, querida. — E conteve uma lágrima, com seu estoicismo firme de sempre.

Eve sabia que Izzy não tinha ficado apenas triste com a morte da avó, mas também chocada — era tão raro acontecer algo em sua vida que ela não desejasse que acontecesse.

— Mas ela era tão *nova* — protestou Izzy, mais de uma vez, quando Eve ligou dando a notícia, apesar de Virginia ter morrido com quase oitenta anos. Não que Virginia tivesse alguma vez admitido sua idade em público. E ninguém que a conhecesse teria adivinhado; ela foi uma bela mulher até o fim.

Quando morreu, Virginia morava com Eve, sua única filha, havia sete anos. Mas a casa de Eve, apesar de seis dormitórios, quatro banheiros, ampla cozinha e um bom número de salas de estar, nunca acomodou a dupla com muita facilidade. Era uma questão de personalidade. A personalidade de Virginia valia pela de quatro mulheres. "Fiquei com a sua parte, querida", ela disse mais de uma vez para Eve, pois, além de linda, espirituosa e de saber aproveitar a vida, Virginia também era uma megera.

Eve, cujo marido tinha desaparecido do mapa, como Virginia previu que faria, cuidou da mãe com diligência incansável, doando nessa empreitada a própria liberdade, confiança e autoestima. Mas essas eram qualidades que Virginia vinha roubando dela desde o seu nascimento, especialmente desde que o pai de Eve morrera de um ataque cardíaco — uma tragédia que a esposa foi rápida em adotar como sua culpa, apesar do casamento tenso — quando Eve tinha cinco anos.

A viuvez de Virginia logo foi substituída por uma grande variedade de namorados e, durante um curto período, por um segundo casamento, mas suas verdadeiras afeições eram despertadas apenas por Izzy, em quem ela via a si própria.

Izzy quis sentar ao ar livre para beber, e quando Eve explicou que os móveis do jardim haviam sido repintados na véspera e a tinta ainda não estava seca, ela disse: "Você deveria ter feito isso na Páscoa", num tom de voz que trouxe Virginia de volta do túmulo.

Relembrando, no silêncio e na formalidade da sala de jantar, Eve não conseguiu recordar um único desacordo sincero entre a mãe e sua filha. Houve muitas discussões; dias em que reclamavam com vozes estridentes das falhas uma da outra. Mas aqueles momentos de histeria passavam de maneira tão súbita e irracional quanto surgiam. E Eve, sempre em desvantagem numérica, voltava a ser ignorada.

* * *

Depois de mais uma fatia de torta de limão e algumas recordações cuidadosamente neutras, pelo menos por parte de Eve, e do relato de experiências muito variadas de Virginia enquanto tomavam café, Izzy saiu para visitar uma velha amiga da escola. A mãe, aliviada, limpou a mesa.

Gwen já tinha encerrado o expediente e ido embora, então Eve passou uma água nos pratos e os empilhou na lava-louça. Teria feito isso mesmo que a empregada ainda estivesse na casa. Ela costumava dizer que não sabia por que Eve a pagava; havia tão pouca coisa para fazer ultimamente. Mas ambas sabiam por que Eve pagava Gwen para vir do vilarejo três vezes por semana. Era pela companhia, por sua presença agradável e complacente.

Quando a cozinha estava limpa e arrumada, um reflexo da própria Eve, apesar de ela nunca perceber essas conexões, sentou-se à mesa da cozinha embaixo da janela com vista para a ameixeira, tirou o cartão-postal de Jackson Cooper — Jack — do caderno de couro em que guardava recortes de receitas e leu a mensagem mais uma vez.

Em seguida foi para a biblioteca e sentou à escrivaninha, na mesma cadeira em que se sentara para escrever os convites para o batismo de Izzy, para assinar os papéis de divórcio e para fazer a lista do que seria servido no funeral da mãe. Abriu a tampa do computador *slim* azul que Izzy lhe dera de presente no Natal passado. Havia um endereço de e-mail no website.

Prezado Jack Cooper,
Não, eu não cozinho profissionalmente.
Eve Petworth

Por amor, então?
Jack

Por tranquilidade, ordem e bem-estar. E você?

Por amor.

Jack tomou um gole da cerveja e fez uma careta.

— Pare de comprar este lixo, Dex. E, se comprar, não traga para minha casa. Compre cerveja europeia, que tem gosto de cerveja. Esse negócio tem gosto de alguma coisa misturada com mijo.

— Pega leve comigo hoje, Jack.

Aceitando a deixa de boa vontade, Jack disse:

— O.k. Vou tentar.

— Tem uma coisa que não me sai da cabeça — disse Dex, dando um gole na cerveja, relaxado.

— Amor ou dinheiro?

Dex riu e respondeu:

— Você acha que é sempre isso?

— Sim, na ausência de morte, pestilência ou guerra. Por outro lado, talvez eu seja extraordinariamente superficial.

— Na verdade, minha vida amorosa está passando por uma calmaria — respondeu Dex, olhando para o relógio. — Mas foram só catorze horas, então ainda não vou deixar isso me afetar. E a minha situação financeira está no mesmo status. Inadequada.

— Quer ajuda com isso?

Dexter Cameron deu de ombros num gesto calmo e elegante. Um gesto muito praticado, ele era um ator.

— Não, obrigado... viver sem grana é como carregar algo pesado, você se acostuma com a postura exigida.

— O.k., bom, você sabe que se precisar...

— Eu sei — concordou Dex.

Jack deu um gole em homenagem a Dex. E depois, para remediar o desequilíbrio instaurado, perguntou:

— Como está Brooke?

— Dezessete anos, mais bonita até que a mãe, avaliando faculdades para estudar, do jeito que toda pessoa faz quando tem escolhas.

— Dezessete?

— Dezessete.

Brooke, a descendente pródiga de um dos romances fugazes de Dex, ainda era um bebê quando ele e Jack se conheceram. A mãe tinha se mudado para o Novo México pouco depois que a criança fez dois anos, mas Dex mantinha contato e as visitava regularmente.

— Você ainda liga para ela toda terça-feira?

— Toda terça.

— Você é um bom sujeito.

Foi a vez de Dex erguer seu copo, e a conversa poderia ter acabado ali. Os dois eram amigos havia muito tempo, e desde o começo da amizade se sentiam inquestionavelmente à vontade um com o outro, com um mínimo de competitividade. Poderiam ter ficado ali sentados, como já tinham feito tantas vezes, sem olhar para nada em particular, sem falar nada específico. A maré estava alta e dava para ouvir as ondas quebrarem na praia, embaixo da casa. Mas Dex disse:

— *Você*, é você que me preocupa.

Pego de surpresa e detectando uma abordagem que não queria enfrentar, Jack levantou-se sem responder e foi à cozinha, onde esvaziou o resto de cerveja e pegou uma nova na geladeira. Ao voltar para a sala, onde Dex tinha apoiado os pés descalços numa mesa baixa perto das portas francesas abertas, ele ergueu a garrafa e disse:

— Vê se aprende: T-C-H-E-C-A. Procure uma dessas qualquer dia.

Mas os olhos de Dex indicaram que ele não seria distraído com tanta facilidade.

— Eu. Estou. Bem — disse Jack, forçando ânimo na voz, mas o tom e o jeito como sentou de frente para Dex, numa cadeira sueca de recosto alto, foram enfraquecidos pela dissimulação subjacente.

— Qual é a história com Marnie?

A brisa era suficiente para inflar um pouco as cortinas brancas. Jack, observando-as, respondeu:

— Não sei e não me importo.

— Se importa, sim.

— Não, Dex, não me importo. — Apoiou a cerveja na mesa em que Dex mantinha os pés e se levantou de novo, voltando um instante depois com uma tigela de madeira cheia de nozes. Colocou-a na mesa ao lado da cerveja, desalojando os pés do amigo.

— Então ela está morando com uma garota, não é? — perguntou Dex.

— Ela está vivendo com uma garota. O nome dela é Carla. Uma bibliotecária de Wisconsin. Agora vamos esquecer o assunto.

Dex se inclinou e pegou um punhado de nozes com o olhar firme em Jack. Em quinze anos, nunca tinha visto seu amigo assim, tão mal. Era Dex quem ficava mal, bêbado, pirado. Jogou algumas nozes na boca.

— Opa, essas são boas — disse. — O que você fez com elas? — Abriu a mão, olhando as nozes com admiração, e comeu o resto.

— Passei em manteiga derretida, mel e sal... como se você notasse a diferença. Coma e fique quieto.

Dex sorriu e encarou o horizonte, e Jack fez o mesmo.

Então Dex perguntou:

— Você está escrevendo? — embora soubesse que não.

— Nem vamos entrar nesse assunto — pediu Jack.

Mais tarde, Jack aqueceu azeite e manteiga numa frigideira de ferro fundido e esperou até sair fumaça. Em seguida, colocou dois bifes polvilhados com um pouco de farinha e virou-os, deixando-os suculentos. Jack tirou a carne, afastou a frigideira do fogo e abriu a janela da cozinha antes de acrescentar uma porção generosa de vinho tinto na frigideira, que recolocou na boca do fogão. Ele abaixou o fogo e, enquanto esperava o líquido evaporar, esvaziou o resto da taça de vinho tinto. Depois passou um tempo olhando para a vista familiar do gramado verde-esmeralda, com arbustos baixos de hortênsias próximos ao mar, mas sem prestar atenção. Seu aniversário de cinquenta anos vinha em sua direção como um trem de carga.

Eve tinha comprado o cartão três anos atrás, numa difícil viagem de três dias à Cornualha com a mãe. Tinham ficado num bom hotel, que servia ótima comida, mas Virginia não achou nada que agradasse seu paladar. E foi uma companhia terrível, com exceção da meia hora em que passara flertando com um jovem e constrangido garçom, encarregado de servir a ela coquetéis no happy hour. Vagando sozinha pela enseada pitoresca numa tarde enquanto Virginia dormia, Eve comprou o cartão e uma pequena caixa de doces numa embalagem chique. Não porque tivesse algum propósito específico para eles, mas pelo constrangimento que sentia por estar sozinha na loja. Deu o doce para Gwen e guardou o cartão em sua mesa, esperando alguma ocasião que até então nunca tinha surgido.

Agora se sentia chocada com a similaridade entre a foto em seu cartão e a foto no cartão-postal que Jack Cooper havia enviado, uma imagem que ela conhecia muito bem. Pegou os dois cartões e comparou os nomes dos artistas, mas pelo visto não havia nenhuma relação entre eles. Então escreveu no interior imaculado do cartão:

Prezado Jack,

Sua memória está quase certa em relação à fruta não muito madura. Fruta para geleia deve estar madura, mas não demais. Se estiver madura demais, a geleia não atinge o ponto. Espero que você faça um pouco. No inverno, na ausência de pêssegos, conservas trazem um pouco de luz.

Eve

Enfiou o cartão no envelope, escreveu o endereço e o guardou na mesa. Pediria para Gwen comprar alguns selos no dia seguinte.

Podia ouvir vozes no andar de cima. Izzy e o namorado, Ollie, tinham chegado de carro tarde na noite passada. Eve já estava deitada, tendo deixado pratos com frango frio e salada, caso eles quisessem jantar, quando ouviu a chegada do casal, o baque das portas do carro e as instruções de Izzy — emitidas com aspereza notável — para Ollie em relação às bagagens.

Naquele momento, Izzy estava aproveitando o luxo de sua banheira favorita no banheiro grande do corredor e conversando. A voz da filha tinha autoridade, pensou Eve, mesmo quando estava deitada nua numa banheira cheia de óleo de amêndoa. Com quase vinte e oito anos, Izzy era avaliadora de arte numa importante casa de leilões. Era o tipo de trajetória profissional que as pessoas descrevem como "meteórica". Eve achava que a voz tinha ajudado. "Tudo nela é atraente", disse a si mesma ao se levantar e voltar para o corredor, passar pela cozinha e sair pela porta dos fundos até o jardim. Queria colher um pouco de hortelã para o cordeiro que assaria mais tarde para o almoço.

— Mas o que ela faz o dia todo? — Izzy tirou um pé da banheira e pisou no tapete branco e grosso. Em seguida, tirou o outro pé, como um animal ágil pulando uma cerca, e pegou uma toalha.

— Ela trabalha como voluntária na loja, não trabalha?

— De vez em nunca. Acho que a Cruz Vermelha não conta muito com ela.

— Amigos? Bridge ou algo do tipo?

— Não mais. Ela costumava fazer algumas coisas assim, mas acho que não faz mais. Ela só fica no jardim.

— Ela não é muito velha — sugeriu Ollie, erguendo o queixo para barbear o pescoço. — E é bonitona. Talvez tenha um namorado.

Se Izzy tivesse avaliado a questão ou mesmo olhado para Ollie, em vez de simplesmente reagir, como era sua tendência, talvez tivesse visto pelo espelho que ele estava sorrindo quando disse aquilo. Mas ela não fez isso.

— Não seja ridículo, Ollie — repreendeu, prendendo uma toalha no peito e baixando a cabeça para enrolar o cabelo em outra. — Realmente, que ideia!

Eve pôs o sal e picou a hortelã, deixando os pedaços de molho em água com açúcar. Em seguida, colocou uma jarra de margaridas no centro da mesa da cozinha e estendeu jogos americanos de cortiça para um café da manhã informal. Pela janela, bem na beira do jardim, onde o bosque se aproximava da casa, ela viu uma dedaleira branca. Eve amava essas flores, com seu balanço diferenciado e o brilho desafiador em meio à variedade roxa da mesma espécie, mais comum. Ficou olhando para a flor, e um pequeno vínculo silencioso se estabeleceu entre ambas por um instante, até Izzy e Ollie entrarem na cozinha com as roupas que sempre vestiam quando a visitavam, trajes campestres bem planejados, compostos de jeans caros e suéteres grandes.

Eve percebeu no mesmo instante a razão por trás da viagem repentina. Izzy estava com um anel de noivado. Notando o olhar da mãe, ela ergueu a mão.

— Olha só — disse com extravagância, embora o gesto e os dedos se remexendo nada tivessem de espontâneos. No instante seguinte, de maneira brusca e súbita, ela abaixou o braço e declarou: — Queria que Gin-gin estivesse aqui. O casamento não vai ser completo sem ela.

O protesto reprimiu o "parabéns" de Eve, que não soube como responder ao comentário, por isso pediu que Ollie pegasse um champanhe e se ocupou fazendo um suco de laranja.

Recuperando-se rapidamente, Izzy sentou e logo encontrou aquele terreno firme entre o comportamento planejado e a sinceridade. Então disse:

— E você não precisa perguntar. Não estou.

Eve lavou o suco de laranja das mãos e deixou as cascas de lado para depois cristalizá-las. Na verdade, nem tinha passado por sua cabeça que Izzy pudesse estar grávida. A filha soube das circunstâncias do casamento da própria mãe porque Virginia tinha contado — quando Izzy ainda era jovem demais, Eve sempre achou. Considerava que o conhecimento do fato talvez pudesse desencorajá-la de se casar. Não, ela percebia agora que isso jamais aconteceria. Os tempos eram outros, e Izzy era diferente. Diferente de Eve.

— Eu não vou requebrar até o altar como um hipopótamo — anunciou Izzy; sua voz assumiu um tom forçado, enquanto a mensagem confirmava os pensamentos de Eve.

Eve não respondeu. Já que a questão estava resolvida, ela começou o brinde. Ollie tinha aberto a champanhe, e ela disse "parabéns" de novo.

— Que sejam muitos anos felizes — brindou, erguendo a taça para os dois jovens. Provavelmente jovens demais, pensou, mas ainda assim mais velhos que ela quando se casou.

— Antes de a lua de mel acabar, ele já vai estar a fim de outra coisa — Virginia tinha dito. Eve ouviu o clique do estojo de maquiagem de ouro da mãe. Ela estava em frente ao elegante lavabo do restaurante onde Simon Petworth, seu futuro marido, jovial demais para a idade, recebia um grupo de amigos e a família para um jantar de noivado.

— Ah, não sei, não — respondeu Dodo, a única amiga íntima de Virginia. — Ela é muito bonita. E com esses tipos silenciosos nunca dá pra saber.

Eve prendeu a respiração com medo de ser descoberta, o que teria tornado a experiência de escutar por acaso aquele comentário escabroso em algo ainda pior, e ficou olhando para as duas, atentas aos próprios reflexos, ajeitando os cabelos e passando batom.

— Acredite em mim, tenho certeza — continuou Virginia. — Ele não consegue manter a braguilha fechada, e ela é tão excitante quanto um repolho cozido.

Eve, na época com dezenove anos e no final do primeiro semestre de gravidez, pensou que talvez fosse desmaiar. Mas não chegou a esse ponto. O que ela fez foi se resignar, sob o som dos risos da mãe, à perda iminente das afeições de seu marido. Como um pássaro cujo coração para de bater antes de ser morto por um gato.

Capítulo Dois

Mais relaxado pelo luar, pela bebida e pela longa conversa filosófica noturna com Dex, Jack disse:

— Ela tinha um Ford.

O assunto da separação de Marnie havia retornado, e dessa vez ele não ofereceu resistência.

— Achei que parecia doméstico demais. O carro da namorada da mulher da gente deveria ser importado, algo mais exótico, você não acha?

— Um Porsche — sugeriu Dex.

— Exatamente. Ela tinha uma caminhonete. Com um adesivo escrito "Eu amo livros", com um coração no lugar do verbo.

Os dois pensaram na questão por um instante.

— Foi aí que eu soube que não me importava muito — continuou Jack. — E me dei conta de que o elemento da situação que achei mais ofensivo foi o adesivo "Eu amo livros".

No dia seguinte, eles estavam no deque dos fundos, silenciosamente envolvidos na produção e no consumo "medicinal" de Bloody Mary, bacon e panquecas, sob o sol do fim da manhã, quando ouviram uma mulher de voz suave na lateral da casa.

— Olá?

Jack ficou tenso, apesar de não reconhecer a voz. Havia duas semanas que ele vinha estacionando o carro dentro da garagem em vez de deixá-lo na rua com as chaves na ignição, como normalmente fazia. Estava tomando essa atitude para evitar Lisa. Até então tinha conseguido. Mas ela havia deixado uma mensagem e, duas noites atrás, tinha chegado até a porta da cozinha, que encontrou trancada, antes de dar a volta até a frente da casa e se abaixar para tentar olhar sob a persiana fechada.

Alertado pelo farfalhar da grama, Jack tinha, instintivamente, se jogado no chão e rolado para trás do sofá de três lugares. Deitado de costas, imóvel como uma rocha e com uma consciência aguda de sua existência física, do aperto da respiração ofegante e do contato com as fibras do carpete, ele se deu conta de que isso não era jeito de um adulto viver.

— Adrienne! — exclamou Dex, subitamente alerta. — Eu esqueci.

— Lá se foi a calmaria da vida amorosa?

— Não da minha, colega. Da sua.

— Olá? — repetiu a mulher, dessa vez num tom mais alto, claro, mas não insistente. Móbiles na brisa do mar.

Era uma loira alta, com calça de linho branca larga e camisa azul muito clara que poderia ser de um homem, se não servisse perfeitamente em seu corpo. Quando tirou os óculos escuros e sorriu para ele ao ser apresentada, Jack reparou que os olhos e a camisa eram exatamente da mesma cor. Ela parecia uma criação perfeita da natureza — uma folha ao vento. Bem diferente de Lisa. Não foi uma comparação feita por Jack a partir da imaginação — Lisa entrou na casa logo atrás de Adrienne, e as duas foram para o deque.

— Eu sou Lisa — apresentou-se a vizinha com alegria, embora parecesse ansiosa, como alguém que, tendo entrado confiante numa ponte, encontrasse a travessia menos firme do que imaginava. Havia dias Lisa vinha observando a casa de Jack com uma compulsão relutante, em busca de sinais de vida, sinais de Jack — ainda que a ideia de chegar a vê-lo lhe desse frio na barriga. Desde o momento truncado que passara nos braços dele, uma atração agradável, existente havia muito tempo, tinha se transformado em esperança torturante. Lisa tinha impulsivamente abordado a mulher loira, que viu rodeando a casa de Jack, e lá estava ela. E lá estava ele: cheio de si, iluminado, lindo demais.

— Oi — ela disse.

— Opa — ele respondeu, numa voz que não entregou nada.

— Adrienne — disse a mulher loira.

Jack apresentou Lisa para Dex e perguntou o que cada um queria beber.

— Tenho uma amiga que é modelo — disse Lisa.

Rick, o empregado filipino de Jack, estava recolhendo os restos de panquecas, e quando passou ao lado de Lisa, ela moveu ligeiramente a cadeira, aproximando-se de Jack. Era um momento no qual nada estava óbvio, mas muito era perceptível. Dex olhou de Jack para Lisa e de volta para Jack, mas foi o olhar de Rick que Jack evitou. Rick era capaz de fazer uma expressão neutra que conseguia tudo, e Jack não queria saber de nada.

O comentário de Lisa ficou perdido no ar por um tempo antes de Adrienne, compreendendo subitamente, dizer:

— Ah, não. Eu não sou modelo. Sou fotógrafa. — Dex tinha acabado de dizer que se conheceram numa sessão de fotos.

— Ela foi a responsável pela fotografia daquele curta-metragem que eu fiz em março — ele acrescentou.

— Aquele que você foi até o Canadá para filmar? — perguntou Jack.

— Esse mesmo. Ela é uma fotógrafa sensacional.

Jack e Lisa olharam para Adrienne, mas ela mal respondeu.

— Cada foto tinha uma... característica específica — continuou Dex. — Lindas. Sem nada de óbvio.

Jack olhava para Adrienne em busca de algum sinal de uma ligação entre ela e Dex que fosse além da admiração profissional. Não viu nenhum. Também não reparou em Lisa, delicadamente mastigando um talo de aipo enquanto o observava com atenção.

— Eu tentei capturar o sentido da obra — explicou Adrienne, modesta. — E os atores... fiquei muito impressionada com o elenco, com a intensidade que você trouxe ao trabalho. Foi incrível.

A conversa se voltou para o filme, e Jack ficou impressionado com a mudança em Dex. Ele levava a atuação a sério. Era uma pessoa diferente quando falava disso, seu discurso tinha foco.

Aproveitando-se da conversa que envolvia mais Dex e Adrienne, Lisa voltou-se para Jack. Vê-la por aquele ângulo — olhos bem abertos, assim como o decote — passava uma impressão meio infantil e ao mesmo tempo maternal. Jack achou a combinação desconfortável.

— Como você está? — ela perguntou. A intensidade de seu olhar fez parecer a Jack que ela estava sofrendo de algo grave, possivelmente terminal.

— Vamos até o Mama's comer caranguejo? — ele perguntou, alto demais, em vez de responder. Teve de se levantar e bater palmas como um imbecil para combinar a postura com o tom de voz.

Mais tarde, no banheiro masculino do Mama's, Dex perguntou:

— Desde quando você está dando em cima dessa Lisa?

— Eu não estou dando em cima dela — respondeu Jack, ensaboando as mãos.

Dex ergueu uma sobrancelha.

— É um mal-entendido — disse Jack. Puxou uma toalha de papel, secou as mãos e jogou a toalha na lixeira de plástico.

— Eu já tive mal-entendidos desse tipo — comentou Dex. — É beeeem complicado.

Eles começaram a voltar para o salão do restaurante, mas Jack parou de repente ao lado de um vaso de plantas. Olhou para as duas mulheres sentadas do lado de fora, no terraço, à sombra do toldo listrado.

— Nunca vou conseguir me livrar dela — disse, sombrio.

Dex também parou. Olhou na mesma direção que Jack. Lisa estava falando, animada, enquanto Adrienne mexia num pão que não ia comer.

— Dessa vez você cagou muito perto do seu jardim, companheiro.

Jack suspirou e disse:

— Vou ter que vender a casa.

— Não — riu Dex. — Se continuar ignorando, elas entendem. Por um tempo você vai ter de revistar o carro para ver se não tem explosivos, mas elas entendem.

Jack cobriu o rosto com a mão.

— Mas, se você tivesse esperado, seu bode velho tesudo — disse Dex —, em vez de pular na primeira perfumadinha, teria visto que eu posso providenciar a mulher perfeita para tirar você da crise "Será que eu faço as mulheres virarem gay?". Adrienne é essa mulher. Concorda?

— Não entendo muito bem com o que eu estaria concordando — objetou Jack. — Tem muita baboseira aí no meio.

— Adrienne é uma mulher de classe — disse Dex, virando-se para ele, o dedo indicador em riste. — Vê se não vai fazer merda.

Jack ficou chocado por um instante, abalado com essa mudança de papéis. Era Jack quem dizia sempre para Dex não fazer merda. Sempre tinha sido assim. Mas lá estava ele, o sujeito estável da dupla, pulando atrás de sofás para se esconder e curtindo ressacas, enquanto Dex parecia estar resolvendo as coisas. E ele tinha razão. Adrienne era uma mulher de classe.

— Estudei na Kingston, a faculdade de design — ela disse alguns minutos depois, quando Jack perguntou sobre sua formação enquanto tomava café, que ela tinha recusado em troca de mais água.

— É uma boa faculdade — disse Jack.

— E aposto que foi uma boa aluna — acrescentou Dex.

Lisa, oferecendo a Adrienne o prato de biscoitos que tinha vindo com o café, perguntou:

— Quer um? — Deu uma balançadinha boba no prato e logo se arrependeu. Enervada pela tranquilidade natural de Adrienne, horrivelmente insegura em relação a como as coisas estavam entre ela e Jack, e com medo de saber, ela foi ficando cada vez mais aérea no decorrer da refeição. Estava ciente disso. Não conseguia parar.

— Não, obrigada — respondeu Adrienne, olhando para Lisa com um sorriso gracioso, embora um tanto apagado. Ela também não tinha comido o caranguejo.

Enquanto comia o seu, Jack maravilhava-se, como sempre, com a comida do Mama's. O lugar servia caranguejo havia vinte anos, e o entusiasmo no preparo nunca parecia diminuir. Ainda dava para sentir o gosto do tempero feito com todo cuidado. Aquele estabelecimento e o de Hatty, dona da pequena cafeteria na South Street, estavam entre os poucos que restavam em Grove Shore, pensou Jack, que compreendiam o ingrediente-chave da comida. Havia gente demais que se preocupava apenas em servir pratos impecáveis bem apresentados e preparados com precisão. Mas o toque do Mama's não foi suficiente para Adrienne.

— Sou vegetariana — ela explicou, quando o grupo fez os pedidos. E depois acrescentou, um tanto desnecessariamente: — Não como animais.

— Tive um distúrbio alimentar por um tempo — anunciou Lisa, em resposta. — Mas encontrei esse terapeuta excelente. Me curou *assim*. — Foi uma piada, mas o enunciado, o momento inadequado e a falta de habilidade aleijaram o efeito cômico. Ela estalou os dedos, e o som ecoou no silêncio gerado pelo comentário.

Dex a protegeu do constrangimento com uma risada, e Lisa o agradeceu com um sorriso fraco. Ergueu o copo e deu mais um passo em direção à embriaguez.

Em algum momento após a discussão sobre a Kingston e a segunda anedota longa demais de Dex sobre Hollywood, durante a qual Lisa manteve um sorriso desconfortável e Adrienne, impassível, ficou brincando com o copo de água, Jack sentiu que seu humor começava a embotar. Ele estava trabalhando pouco desde que Marnie o havia deixado e bebendo demais — o que nunca era uma combinação muito boa. Mas ainda levou várias horas para o ponto mais baixo da noite chegar.

Quando terminaram o café, voltaram para a casa andando pela praia, Adrienne carregava suas sandálias de couro pelas tiras, balançando-as com os dedos compridos.

Lisa — com sua tendência à falação finalmente extinta pelo álcool, afetada pela atitude casual de Jack e pelas vozes interiores provocativas que atormentavam seu status de solteira aos trinta e oito anos — emudeceu e foi ficando para trás do grupo. Jack, reparando nisso, consciente de uma dor crescente na têmpora esquerda e se sentindo meio grogue por uma combinação de arrependimento, ressaca e desespero, foi afetado pela tristeza da linha caída do pequeno queixo de Lisa. Ele recuou para trazê-la de volta ao grupo, passando o braço por seus ombros com afeição, sem pressa, por tempo o bastante para reanimá-la.

Quando chegaram aos degraus de pedra que se erguiam da areia até o quintal de Jack, o desejo dele de subi-los sozinho foi quase irresistível. Mas Lisa, estimulada pelo otimismo recuperado, subiu trôpega à sua frente, com a bunda empinada — espremida pela calça capri justa —, quase tocando o nariz dele enquanto passavam pela subida acentuada do primeiro lance de escadas. Em seguida, Dex deu passagem para Adrienne. Naquele momento, Jack desistiu de interagir com o grupo. Tinha perdido todo o interesse no que acontecia a seu redor.

Adrienne, chegando na casa, começou a se preparar para ir embora, mas Dex a desencorajou, puxando uma cadeira para ela no deque, no mesmo lugar em que os dois amigos estavam quando as mulheres chegaram. Já passava das cinco horas, e Jack, em busca de conforto e solidão, recuou para o lugar onde sempre podiam encontrá-los — a cozinha.

— Precisa de algo, chefe? — perguntou Rick.

— Não, Rick, está tudo bem. Por que você não para por hoje?

Rick olhou para o chefe, desconfiado. Mas era um olhar que ele usava muito, então Jack o ignorou.

— Leve o resto daquele presunto, se achar que Christa vai gostar.

Ambos sabiam que Christa poderia fazer bom uso do presunto. A esposa de Rick alimentava a própria família e umas seis outras, pelo que Jack sabia — primos, amigos, um fluxo constante de parentes procurando emprego nos Estados Unidos.

— O.k., chefe — respondeu Rick. Tirou o paletó branco que sempre usava na casa de Jack e pendurou num gancho dentro da ampla despensa, na porta. Em seguida, pegou o presunto da geladeira e o embalou.

— Não se esqueça de que as garotas vêm fazer a limpeza amanhã — lembrou.

— Pode deixar — respondeu Jack. Era o tipo de coisa que ele sempre esquecia imediatamente.

Jack queria parar de beber. E achou que também seria uma boa ideia para Dex e Lisa. Podia ouvir ambos rindo lá fora e sabia que Dex tinha aberto outra garrafa de vinho. Adrienne era a única que ainda conseguia pensar direito. Jack achou difícil imaginá-la em qualquer outra condição.

Pegou duas baguetes de uma cesta, colocou ambas na tábua de cortar e ligou o forno. Tinha um pouco de provolone na geladeira e começou a preparar um crostini para curar a bebedeira. Mais tarde faria ratatouille. Era algo que Adrienne poderia comer, se ficasse.

— Meu pai compra todos os seus livros — ela disse do vão da porta, onde apareceu silenciosamente, como uma sombra.

Jack tinha começado a cortar o pão. Por dentro, ele tomou um susto. Por fora, sorriu.

— Ele adora suas histórias — continuou Adrienne.

— Agradeça a ele por mim — respondeu Jack, esperando pelo pedido de um exemplar autografado.

— Você vai continuar escrevendo sobre os mesmos temas?

Era uma pergunta bastante inocente — a pergunta errada, mas o tipo que as pessoas faziam o tempo todo. Jack já tinha enfrentado piores e de pessoas menos cordiais que Adrienne. Mas não tinha sido um dia bom. As últimas semanas não tinham sido boas.

— Não — respondeu. — Vou escrever algo chique, um negócio literário que todos aqueles críticos de Nova York que me odeiam vão precisar de um dicionário para criticar. — Sua expressão não se alterou, mas a veemência do tom de voz era inconfundível.

Adrienne endireitou a postura, deixando de se apoiar no batente.

— Eu quis dizer... — começou a falar devagar, escolhendo as palavras.

Jack soltou a faca e a interrompeu:

— Eu sei o que você quis dizer. Você quis dizer: agora que fiz meus milhões, por que não escrevo algo que não seja uma merda?

— Não... — ela replicou, ainda pensando.

— Sim — ele interrompeu de novo. — Sim, você *quis dizer* por que não escrevo algo que prove que eu sei *escrever*. Algo para demonstrar que não sou apenas um charlatão de terceira que deu sorte atendendo aos gostos de maridos entediados de férias e imbecis analfabetos que não sabem pronunciar "Proust".

Adrienne o encarou com firmeza e disse:

— Meu pai não está em nenhuma dessas categorias.

A resposta razoável não apaziguou Jack.

— Escute — ele disse, sem disfarçar que estava bravo, permitindo-se mergulhar de cabeça na agressão crua que sempre parece tão incrivelmente justificável no momento —, eu não preciso de elogios de segunda mão. "*Meu pai gosta dos seus livros, minha avó gosta dos seus livros.*" Ouço isso o tempo todo de pessoas que precisam abrir alguma distância entre o que eu escrevo e o que elas deixam no criado-mudo para lembrar que conseguiam citar quatro linhas de Elliot na faculdade. — Pegou a faca e continuou cortando. O tenso vaivém metálico da lâmina na tábua refletia sua expressão.

Adrienne o observava em silêncio.

Lisa, que tinha se materializado atrás dela em algum momento, também ficou olhando sem dizer nada por um instante. Mas ela agiu rápido, passou roçando os ombros de Adrienne, atravessou a cozinha e enlaçou os braços protetores em torno da cintura de Jack, segurando-o por trás. Tinha ouvido o bastante da conversa para compreender o tema, mesmo que tivesse perdido algum detalhe. — Jack é um grande escritor — disse.

Jack enfiou a faca na tábua com tanta força que ela ficou presa, virou-se para encarar Lisa e empurrou as mãos dela para longe num gesto brusco.

— Lisa, será que dá para *parar com isso*? — berrou.

Lisa estava bêbada, mas não tanto. Ela se virou e saiu da cozinha andando em linha reta, sem olhar para trás.

Adrienne ficou mais um momento observando Jack e depois, também sem dizer nada, foi juntar suas coisas e se despedir de Dex. Quando ela foi embora, Dex veio procurá-lo, mas Jack ergueu a faca em sua direção, sem olhar para ele. Um aviso. Dex voltou para a sala.

Um carteiro bateu na porta, e Gwen atendeu.

— Você saberia me dizer onde fica Marsh Farm, querida? — perguntou o entregador, enquanto ela assinava o pacote.

Gwen sabia e disse. Em seguida, quando a perua passou pelo cascalho e saiu da pista, silenciosa como sempre, ela foi à biblioteca e entregou o pacote para Eve.

Eve olhou para o embrulho e se perguntou, com um pouco de esperança, se poderia ser algo de Jack Cooper. Claro que não era. Repreendeu-se ao retirar da embalagem, depois que Gwen saiu para terminar de passar as roupas, o fichário rotulado "Casamento", com um bilhete de Izzy.

"Veja que destaquei as tarefas na sua lista", Izzy tinha escrito. "A maior parte são telefonemas, e-mails, verificar preços e disponibilidade, esse tipo de coisa." Atividades simples, insinuava o tom, que Eve seria capaz de fazer, ao contrário de outras mais importantes, que ela não conseguiria.

Eve folheou o fichário, vendo os itens destacados. Conseguiria dar conta, mas a situação iminente começou a ficar clara para ela pela primeira vez desde que Izzy e Ollie tinham falado do casamento. A cerimônia. Eve sentiu a boca do estômago começando a se contrair. Uma cerimônia de casamento, algo grande, conhecendo Izzy. Pessoas e festas — todas as coisas que Eve tinha passado os últimos anos evitando, e passaria mais tempo ainda, se fosse sincera. O tipo de evento que Virginia organizava. E, até mesmo Eve tinha de admitir, a mãe fazia bem. Muito melhor do que ela jamais seria capaz.

* * *

— Estresse é para pessoas desempregadas e vítimas de repressão e racismo. E bundões — disse Jack. — Homens americanos brancos e saudáveis de classe média não têm direito nenhum de sentir estresse.

Jim riu e olhou para Jack, do outro lado da mesa. Ele o tratava de pequenos males havia vinte anos.

— Bem, algo está acontecendo — respondeu. — Sua pressão está mais alta do que nunca, e a dermatite pode ser viral, contagiosa, ou algum tipo de alergia, mas essas coisas tendem a ser exacerbadas pelo estresse.

Jack terminou de abotoar a camisa. A dermatite, uma pequena mancha de pontos vermelhos em seu peito, já tinha diminuído bastante antes de ele mostrar para Jim, casualmente, no decorrer do check-up rotineiro. Mas ele mencionou o problema de qualquer jeito, pois tinha o tipo de corpo forte, musculoso, atraente e estável que raramente trai ou surpreende uma pessoa, mesmo de leve.

Jim terminou de preencher a receita de hidrocortisona fraca.

— Tire umas férias, talvez. Vá pescar — sugeriu.

Jack riu. Pescar era o que Jim receitava para quase tudo. Até que às vezes funcionava.

Jack voltou a pé para casa se sentindo melhor. Não chegou a mencionar a tensão da véspera. Depois que as garotas saíram, terminou de fazer o crostini e comeu na companhia de Dex, os dois praticamente em silêncio, e mais tarde ele serviu o ratatouille com um Rioja. Ficaram ouvindo Duke Ellington e foram dormir cedo.

Dex dormiu até tarde. Ao encontrá-lo na cozinha quando saiu do escritório, Jack percebeu como o repouso tinha feito bem a ele. Dex era oito anos mais jovem que o amigo. Uma noite de sono dissolvia os problemas. Jack calculou que já precisava de pelo menos umas três.

No carro, jogando uma mala no bagageiro, Dex disse: — Me deseje boa sorte.

— Boa sorte — ecoou Jack.

Dex entrou no carro e disse pela janela aberta:

— Recebi uma ligação com uma boa proposta. — Virou a chave no contato e engatou a marcha.

Jack, observando o rosto do amigo, viu mais uma vez aquela determinação concentrada.

— Boa sorte — repetiu, dessa vez com sinceridade. Deu um tapa na capota do carro, e o som da reverberação o fez se sentir tolo.

Voltando para casa, tudo estava ficando um pouco mais ameno. Talvez Jim tivesse razão, e ele estivesse meio estressado. Que droga, esses problemas acontecem com homens de meia-idade. Provavelmente só precisava de um pouco de silêncio. Voltar ao trabalho. Entrar na rotina. Não estava sentindo falta de Marnie.

Jack ajustou o chapéu, um panamá meio detonado que ele adorava e estava usando para se proteger do calor do verão, e pensou sobre os sete anos de casamento com Marnie. Não conseguia acreditar que tinha durado tudo isso. Jack nunca chegou a se entusiasmar muito com o relacionamento, nem no começo, e provavelmente ela também não, pelo jeito como tinham terminado. Mas ele ainda não conseguia acreditar que tinha sido tão ingênuo em relação a Carla. Nunca havia lhe ocorrido que Marnie pudesse estar comendo — ou seja lá qual fosse o termo certo para lésbicas — uma bibliotecária de Wisconsin de férias. E muito menos que o deixaria pela mulher. As pequenas paixões de Marnie sempre pareceram tão amenas: a cerâmica, a pequena horta, os livros para crianças — bonitinhas, mas amenas.

Ele tinha se deixado envolver, Jack percebeu, naqueles últimos meses com Marnie — ou anos, talvez —, num estado deselegante e pernicioso de suposta superioridade.

Em seguida pensou, como sempre fazia quando buscava pelas melhores partes de si mesmo, em seu pai, que o tinha visto andar com arrogância até a largada de uma corrida, aos catorze anos, confiante demais na prova, para então sofrer uma derrota feia de um garoto de doze anos magrelo e até então despercebido. Depois da corrida, o pai deu uma bronca por ele ter ficado amuado.

— Filho — disse —, existe talento por toda parte. Mas não dá para discernir de maneira superficial, e nada pode deixá-lo mais cego que a arrogância.

Jack quase respondeu ao comentário, mas a expressão do pai o silenciou.

— Então, da próxima vez que se sentir superior, Jack, deite um pouco até passar.

Jack gostava de dizer que nunca tinha se esquecido daquilo, que nunca havia apagado o olhar gentil e sábio no rosto do pai quando ele disse aquelas palavras. Mas não era verdade, pensou. Ele tinha se esquecido.

Por algum tempo, uma esposinha simpática e previsível foi conveniente. Ele era Jackson Cooper, escritor bem-sucedido, bom cozinheiro, um cara realmente incrível. Não era verdade? Era o que todos diziam.

Jack meneou a cabeça e fez uma pequena oração pedindo desculpas ao pai, com a promessa de agir melhor, e então, mais animado, foi ao novo French Market.

O interior do lugar era, como já desconfiava, artisticamente exótico, e não dava para ignorar o aroma de queijo e, mais perto dos fundos, de pão. Passou por fileiras de itens que pareciam projetados para ficar bonitos em vez de ser consumidos — embalagens chiques de vinagre com formatos esquisitos, jarros repletos de frutas suculentas, como partes de um corpo em conserva, e massas de cores absurdas. Encontrou uma garrafa de molho de soja e um vidro de mostarda Dijon, que levou para o balcão e pagou para um jovem com corte de cabelo descolado.

— Como está, sr. Cooper? — perguntou o jovem, entregando a Jack as compras numa sacola marrom refinada.

Jack, ainda perdido em seus pensamentos, deve ter parecido distraído ao responder:

— Bem. Muito bem. Obrigado.

O jovem riu.

— Meu nome é Josh — ele disse. — Josh Hapwell. Aparei seu jardim durante três verões.

Jack olhou para o jovem com atenção enquanto guardava o troco no bolso.

— Aquele garoto nanico?

O jovem riu de novo. Jack calculou que ele devia ter uns vinte e poucos anos.

— Isso aí. Agora sou o gerente aqui.

Jack sorriu.

— É mesmo? — Ele se lembrava de Josh, ajudando o pai no jardim. Um garoto magricelo, tímido para a idade. Seu pai se mudou muito tempo atrás, e depois disso Jack não tinha mais visto Josh.

— Sim, senhor — respondeu para Jack. — Então, se precisar de algo, é só avisar.

— Tem uma coisa que você pode fazer por mim, Josh.

O jovem olhou para ele do outro lado do balcão, prestando atenção.

— Nunca mais me chame de "senhor".

Chegando em casa, Jack pegou uma cerveja gelada do suprimento duplo que Rick sempre deixava na geladeira nas tardes de verão e preparou um pouco de atum com ovos cozidos. Comeu no deque e leu por um tempo, antes de escrever para Eve:

Nunca lave amoras antes de guardar na geladeira. Elas deterioram mais depressa. E compre enquanto estiverem azuis. O tipo de azul que você vê no escuro das noites de verão — azul bem escuro, como tinta de caneta.

Em seguida largou a caneta e pensou nela, tentando visualizá-la. Bonita, imaginou. Bonita e com cinquenta e cinco anos. Magra, pouco chamativa. A mulher que lia seus livros era bonita e tinha cinquenta e cinco anos, magra e pouco chamativa. Costumavam pegar seus livros depois que os maridos os descartavam e se surpreendiam ao descobrir que gostavam bastante. Embora, pensou, o elogio de Eve tivesse uma característica diferente. Não ressentida. Não havia nenhum "nada mal" em sua primeira carta. E seu jeito de escrever sobre comida. Havia algo naquilo que chamava atenção.

"Jack", ele assinou, sentindo, pela primeira vez em semanas, calma e certo equilíbrio. Precisava pedir desculpas para Lisa e ia fazer isso. Estava se sentindo mal pelo que havia ocorrido. Mas escolheria o momento certo, para que ela não interpretasse a interação como uma abertura. Queria ser direto com ela — decente e direto. Levantou para pegar a segunda cerveja e a levou para o escritório. Olhou para o que tinha produzido durante a manhã e ligou para seu agente. Respondeu alguns e-mails. Daria um jeito na vida.

— Alô? — Jack pegou o relógio da mesinha de cabeceira e viu as horas enquanto ligava o abajur. Três da manhã. — Marnie? — perguntou.

— Jack, eu...

— Marnie, são três da manhã.

— Desculpe Jack, não pensei. Não estou pensando direito. — Ela estava chorando.

O som, ricocheteando pelos satélites, ecoou de maneira acusadora em seus ouvidos. Sentou na cama e suspirou.

— Qual é o problema, querida?

Houve uma pausa do outro lado da linha enquanto ela se recompunha.

— Nós sempre fomos amigos, Jack.

— Fomos? — ele perguntou, cansado demais. Sincero demais.

Marnie, passando das lágrimas para a amargura numa velocidade que pegaria qualquer homem de surpresa, em especial às três da manhã, respondeu falando rápido e duro.

— Bom, tentei ser sua amiga, Jack. Foi você que me afastou.

Jack suspirou de novo.

— Marnie, não estou entendendo o que você quer de mim agora.

Outra pausa. Marnie também parecia estar incerta quanto a isso. Os satélites e cabos continuaram ativos entre ambos, vivos e alertas.

— Escute, Marnie. Acho que talvez você precise falar com alguém; sabe, um terapeuta ou algo assim. Não posso aconselhar você. Não posso mesmo.

— Essa é boa.

Droga, ele tinha caído na armadilha. Não tinha como fazê-la parar.

— É você quem precisa de um terapeuta, Jack. Eu posso estar um pouco confusa agora, mas pelo menos estou em contato com minhas emoções. Sei que tenho alguns problemas, admito. É você que reprime tudo, que não sabe o que quer, que não consegue falar a respeito. Talvez se você tivesse conversado comigo, nós não estaríamos nessa bagunça, Jack. Já pensou nisso? Já lhe ocorreu que parte disso pode ser culpa sua também? Alguma vez você assumiu alguma responsabilidade pelo colapso do nosso casamento, Jack? Porque eu não estou preparada para assumir toda a culpa. Fui embora, sim, mas você me empurrou, Jack. Não tive escolha — a voz dela falhou, e ela começou a chorar.

Jack esperou. Então disse:

— Querida, está tudo bem. Mas você está cansada. Precisa dormir um pouco. Eu ligo para você daqui a alguns dias, mas tente dormir um pouco... o.k.?

— Eu *estou* cansada — ela disse, por fim. O choro diminuiu um pouco. Ela fungou, mas não fez menção de desligar, e Jack sentiu que se não assumisse a iniciativa, ela perderia o controle de novo.

Três da manhã, pensou, e estou sentado na beira da cama, de cueca, ouvindo uma mulher fungar.

Capítulo Três

A *zona salina* e, acima, em letras maiores, "Jackson Cooper". Na verdade, era "Coop", com o "er" obscurecido pelo selo dourado, proclamando o status de best-seller. Também havia uma ilustração — azuis profundos e melancólicos combinados com um tom índigo sombrio — de um homem armado ao lado de uma mulher bonita caída. Morta.

Eve achou que a capa do livro era calculadamente masculina, bastante sem sentido, e se perguntou como eram feitos: capas, títulos e outras coisas do livro. Nunca tinha pensado nisso antes. Nem quando comprou o primeiro romance de Jack. Não o primeiro que ele escreveu, mas o primeiro que ela leu, que levou da Cruz Vermelha para casa.

Leitora ávida desde a infância, Eve estava cansada naquele dia, um dos poucos que passara na loja durante os últimos seis meses. Era uma sexta-feira, e o fim de semana pairava à sua frente, sombrio, sem nenhuma amizade, mas ela não queria passar aquele tempo na companhia de outra mulher fictícia, num relacionamento infeliz ou enfrentando problemas cotidianos. Queria uma companhia vigorosa, uma história que não exigisse concentração, nem causasse lágrimas. Já tinha pegado dois livros da prateleira, mas ambos estavam desgastados e cheiravam a mofo. Eve já tinha perdido qualquer entusiasmo por aquela leitura.

Foi então que uma mulher desgrenhada e atraente entrou na loja e anunciou: "Nós conseguimos vender tudo", como se fosse uma declaração interessante. A mulher deixou uma pilha de livros e uma sacola plástica cheia de quinquilharias no chão e foi embora. Seu carro estava parado em fila dupla.

Observando-a e reconhecendo a doação com um sorrisinho, Eve saiu do balcão para coletar os itens enquanto pensava: essa é uma mulher com um marido. Um marido, uma família barulhenta e provavelmente um cachorro. Conseguia imaginar a mulher reclamando da vida, com um prazer animado encontrado com frequência no tipo de gente que não tem nada do que reclamar. Eve tinha acabado de erguer o livro de Jack do topo dos itens descartados pela mulher e o observou de perto, segurando-o com firmeza enquanto o carro se afastava, como se quisesse se contaminar com aquela agitação jovial. Em seguida, enfiou o livro na bolsa e, obediente, deixou uma libra na registradora para cobrir o custo.

Eve lera *Letras mortas* quase numa sentada, dando ao luxo de passar por dois capítulos durante o banho, um pequeno desafio: era o tipo de atitude que Virginia, com todos os vícios que tinha, teria reprovado. Depois sentara na cama encostada em dois travesseiros enquanto o herói protagonista de Jack, Harry Gordon — um detetive mordaz com gostos refinados e talento para a observação —, enfrentava uma madrasta amarga, uma ex-esposa suicida, as forças tradicionais da lei e sua própria consciência por trezentas páginas.

No começo lera rapidamente, como se estivesse tentando acompanhar um carro, impulsionada pelo ritmo da trama. Mas depois diminuíra a velocidade para aproveitar mais o texto — o humor das sentenças curtas, as descrições ricas de refeições e cenário. Sentia calor quando havia calor, medo quando havia medo, e a solidão subjacente à trama saindo das páginas. A história fez bem seu trabalho: conseguiu que Eve se esquecesse da própria.

Tirou os óculos e pegou o volume de *A zona salina* da mesa ao lado do sofá. Na contracapa havia a fotografia de um homem talvez perto dos quarenta anos. Era de uma beleza robusta, usava camisa azul com colarinho aberto e calças cáqui. Tinha cabelos castanhos lisos, um sorriso relaxado e olhos da cor de um dia de primavera — com rugas nos cantos. Era bronzeado. Parecia tão confortável na própria pele quanto um cachorro velho, já naquela época, dez anos antes de ter ouvido falar dele. Jack. O seu Jack.

— Pode tirar isso, mamãe, se estiver atrapalhando. É do Ollie.

Eve baixou o livro às pressas.

— Jackson Cooper — disse Izzy, prolongando a pronúncia do nome como se fosse uma palavra estrangeira que estivesse se esforçando para pronunciar direito.

— Jackson Cooper? — repetiu Ollie, entrando no quarto e sentando com seu drinque. — Dos romances de Harry Gordon. Alguns já viraram filmes.

— Filmes?

— São filmes para meninos. Cheio de homens corajosos e mulheres ansiosas — Izzy explicou para a mãe.

— Você gostou do último — rebateu Ollie.

— Não gostei, não — retrucou Izzy, tentando achar uma posição adequada no sofá. Resmungou, como se as almofadas estivessem determinadas a irritá-la.

Ollie bagunçou o cabelo da noiva e o alisou rapidamente, invadindo sua carapaça fina com gentileza, por pouco tempo.

— Gostou, sim — respondeu.

Ambos riram. Uma única mecha deslocada de Izzy continuava colada em sua bochecha. Eve ficou feliz quando a filha não a arrumou.

Sentiu-se bem vendo um momento de leveza entre os dois. Tinham vindo passar a noite para que Izzy pudesse discutir os preparativos do casamento com ela. Eve não estava animada com a perspectiva.

Ollie, o convidado especial, uma espécie de almofada emocional entre as duas, sentou-se numa cadeira reclinável, todo charmoso e encantador, e disse:

— Esses salgadinhos de queijo estão fantásticos, sra. P. Poderia ganhar um prêmio com eles.

Eve sorriu. Pelo menos ela tinha visitas para quem cozinhar, um pouco de propósito. A casa tinha perdido sua simplicidade minimalista: já estava maravilhosamente decorada. Havia um cômodo cheio de cadeiras Lloyd Loom recém-pintadas, montes de roupas de cama de linho, uma despensa repleta de conservas. Não havia nenhum resquício de poeira nas luminárias de seda, e as revistas sobre os divãs descansavam em pilhas bem formadas. A prataria estava polida, embalada e rotulada numa prateleira. A mesa de jantar georgiana com cadeiras extras, que acomodava doze pessoas com conforto, reluzia com brilho permanente. A casa de Eve era um lar perfeito, mas não havia nenhuma família para habitá-la.

Eve ofereceu um mosaico bem decorado de petiscos para Ollie, e ele pegou uma minúscula tortinha de tomate com dedos delicados, erguendo-a contra a luz.

— Parece uma joia — avaliou. Em seguida jogou o aperitivo para cima e o pegou com a boca. Um garoto, os cabelos castanhos encaracolados precisando de um corte.

Ollie era bonito, pensou Eve, e simpático. Virginia, que o viu duas vezes antes de falecer, o definiu como "adaptável". Era um elogio, mas Eve percebeu certa crítica no enunciado, não tanto pela escolha da palavra, mas na referência à sua própria habilidade de "adaptar" homens. Simon era adaptável? Ou doce? Eve não conseguia se lembrar. Ficou tão cega com o romance que não chegou a prestar muita atenção em sua personalidade. E, em bem pouco tempo, ele já tinha partido. Eve tentava não pensar a respeito.

— Como você chama sua mãe, Ollie? — perguntou Eve. A perspectiva de ser chamada de sra. P. pelo resto da vida tinha um apelo limitado.

Ollie riu.

— Chamo de mãe, mas ela fica furiosa. Sempre quis que a chamássemos de Adele e fingia que éramos seus sobrinhos. Mamãe conseguia dizer para as pessoas que tinha trinta e nove anos quando eu e Cassie não estávamos por perto. — Cassandra era a irmã de Ollie, dois anos mais velha, pintora. — Cassie obedece, claro. Eu sou a ovelha negra.

Eve, hábil em ler nas entrelinhas, sentiu a insegurança do comentário.

— Ela deve ter muito orgulho de você — disse, ciente, enquanto falava, de que a frase era de uma insignificância banal. Sua própria mãe nunca tinha sentido orgulho dela.

— Ah, não tenho tanta certeza. Ela acha que meu trabalho é um tanto enfadonho. O mundo bancário não faz muito o gosto dela. Foi Cassie quem cumpriu as expectativas de nossa mãe.

Eve queria confortá-lo, dizer algo gentil e significativo, mas não queria falar outra coisa desonesta. Já tinha ouvido comentários desonestos demais, de sujeitos bem-intencionados, pais de amigos da escola e até do próprio marido. As pessoas relutavam muito em aceitar a noção de que uma mãe podia não amar a própria filha, mas Eve sabia que aquilo acontecia. Solidária a Ollie naquele instante, ficou chocada ao se dar conta de que não estava pensando nos sentimentos que sua mãe tinha por ela, os quais já tinha aceitado, embora não com muita facilidade. Não, Eve estava pensando em seu relacionamento com Izzy.

Será que ela amava Izzy? Eve lembrou do nascimento da filha e da sua própria falta de preparo para a ocasião, do terror que sentiu quando o bebezinho aos prantos foi acomodado em seu colo após o parto. Sem contar as dificuldades para amamentar e as noites melancólicas e insones. Depois daquilo, Eve leu sobre depressão pós-parto e se convenceu de que tinha sido acometida por alguns sintomas. Ninguém disse nada do tipo para ela na época.

Eve pensou em como Gwen tinha falado em visitar as filhas quando suas netas nasceram. Contou com entusiasmo que tinha limpado a casa e lavado as roupas para deixar a jovem mãe descansar. Deixara ensopados e tortas na geladeira. Eve sabia que não seria assim com Izzy. Era isso que sua filha queria?

Ollie interrompeu seus pensamentos.

— Imagino que você vá conhecer minha mãe antes do casamento — comentou, rindo. — Ela aparece na loja de vez em quando.

Eve se perguntou o que Adele falaria sobre Izzy quando elas se encontrassem. Tinha a impressão de que ela não a aprovava. Izzy tinha a personalidade forte da avó, mas era mais formal. Como eu, pensou Eve, estranhamente contente. Sorriu para Ollie, percebendo pela primeira vez que Izzy era um navio robusto no mar instável de sua vida. Torceu para que o relacionamento desse certo. E depois teve esperanças de que, quando não desse, ninguém se machucasse demais.

— Mas, mãe, é claro que você precisa vir — disse Izzy, servindo-se de um pouco de chá na manhã seguinte. Ela estava recostada na estufa, que Eve deixava acesa o ano inteiro. Deu a volta com a xícara cheia na mão e a ergueu, observando a mãe com uma expressão que tendia à oposição.

— Deve ser a uns cento e cinquenta quilômetros daqui — disse Eve.

— São cento e trinta. Vamos sair em meia hora e voltamos para o jantar. E amanhã Ollie e eu vamos levantar cedo e voltar para Londres. Você pode fazer um café da manhã, tipo piquenique, para comermos no carro, se quiser. Coloque alguns destes — Eve tinha feito pãezinhos de canela, e Izzy gesticulou para o que segurava na mão.

— Izzy, você e Ollie são bem aptos a escolher um lugar para se casar. Não precisam da minha companhia.

— Não, não precisamos, mãe. Mas é isso o que fazem as mães, não é? — Foi uma pequena faísca, que ela alimentou: — Gin-gin adoraria ir — afirmou. Mas suas melhores provocações nunca levaram Eve ao tipo de reação que ela conseguia com a avó.

Eve, limpando alguns resquícios de canela das palmas da mão, respondeu com calma:

— É, acho que ela adoraria. — Mas já sabia que a discussão provavelmente estava perdida.

O dia prometia ser quente. Eve escolheu roupas íntimas de algodão simples e rendadas e um vestido azul-claro com decote quadrado e sem mangas. Seus braços eram magros e bronzeados pelo trabalho de jardinagem que ainda fazia de vez em quando. Trabalho leve — tirar ervas daninhas, aguar, aparar — era o que Eve apreciava. O restante ficava com o sr. Fetnam, que trabalhava para ela havia anos e não precisava de instruções — algo pelo que Eve era grata, pois instruir pessoas nunca fora uma de suas habilidades.

Eve já tinha usado o vestido algumas vezes antes e, ao se esticar para fechar o zíper nas costas, deu uma olhada crítica para o próprio reflexo no espelho de corpo inteiro do pequeno closet retangular adjacente ao quarto. Em seguida, desembaraçou os cabelos com um pente revestido de prata, herdado de uma avó por parte do pai que ela nunca chegou a conhecer. Havia duas fotografias da mulher, que tinha uma semelhança chocante com Eve: olhos levemente amendoados, com malares altos e pescoço comprido.

O vestido caía bem. Mas ela não tinha certeza se lhe conferia autoridade — do tipo que a associava a mães de noivas. Abriu o zíper de novo e deixou o vestido escorregar pelas pernas até o chão, antes de pendurá-lo no cabide acolchoado e pegar a saia branca de outro traje que ela combinou com um twin-set verde-claro e um colar duplo de pérolas. Eve não era grande fã de pérolas, mas ao menos as joias ajudavam a conquistar a aparência que buscava — de competência.

A mulher com o terninho elegante, responsável por mostrar o Hadley Hall e ressaltar detalhes como bons pontos para as filas de entrada, fotografias e afins, não era páreo para Izzy, que parecia muito mais familiarizada com todas aquelas coisas.

Ollie, dando uma piscadela teatral para Eve em determinado momento, disse:

— Sorte que não depende de nós, sra. P. Acabaríamos numa tenda no gramado, comendo peixe no jantar.

Eve sorriu. Ollie era mesmo simpático.

— Eu gostaria de um peixe para jantar — observou, sentindo-se aliviada. A viagem de carro, com a música e a parada para tomar um café terrível e comprar balas de hortelã, tinha sido calma, até mesmo agradável. Eve estava esperançosa.

— Ollie, você está prestando atenção nisso? — questionou Izzy, ríspida.

— Sim, querida. Em cada palavra.

Na volta, fizeram uma parada num vilarejo próximo. Izzy queria ver hotéis para passar a noite, onde seus amigos pudessem se hospedar após a recepção. Eve ficou surpresa com toda a preparação que a filha já tinha feito. Ainda faltavam seis meses. O casamento seria no inverno.

— Na neve — dissera Izzy no telefone.

— Não sei se dá para contar com a neve — comentara Eve, hesitante. Izzy, sempre intimidante, estava ainda mais ousada em relação a seus planos matrimoniais.

— Bem, também não dá pra contar com o sol de julho, né? — ela rebatera. Estava chovendo havia duas semanas. Lá fora, enquanto conversavam, Dorset estava sendo praticamente inundada, então Eve concordara e escrevera "Encomendar neve" numa página de seu caderno.

Izzy depositou sua pasta imensa na mesa de madeira da área externa do pub do vilarejo. O dia estava lindo, o céu, decorado por nuvens graciosas — um dia inglês. E o pub, assim como seus arredores, era um cartão-postal perfeito, com um jardim pequeno e bonito. Ollie entrou para pegar as bebidas, e Izzy, acomodando-se depois de escrever algumas observações sob o cabeçalho "Hotéis", disse:

— Você acha que eu devia trazer papai para cá, antes de agendar?

Eve ficou chocada demais para responder.

Izzy, por mais insensível que fosse sua natureza, pareceu captar algum sinal, pois tentou se justificar ao continuar:

— Bem, afinal é ele quem vai pagar tudo.

— Vai mesmo? — perguntou Eve sem forças, enquanto se abaixava para pegar a bolsa embaixo do banco, ganhando tempo.

— É claro.

— Você falou com ele?

Houve uma pausa antes de Izzy responder:

— Eu liguei para dizer que estava noiva.

Os olhos de Eve acompanharam uma abelha gorda voando devagar pela beirada da mesa.

— Achei que talvez ele quisesse saber — concluiu Izzy. Dessa vez seu tom era um pouco desafiador. Eve não sabia bem quem seria o alvo.

— E ele queria? — ela perguntou, com a voz amena.

— Ah, sim. Ele ficou feliz, muito feliz.

— Que bom. — Eve sentiu a respiração acelerando.

— Sim, e disse que ajudaria com os custos do casamento. Foi por isso que pensei que talvez ele quisesse ver o Hadley Hall. Sabe... antes do grande dia.

Pela primeira vez, Eve se deu conta de que talvez Simon viesse para o casamento. Com a esposa. Não a mulher por quem ele a havia deixado; desde então houvera outra. Mas lá estaria ele, com a esposa — Simon o pai, o anfitrião, um ídolo para Izzy. E ela, Eve, faria o mesmo papel de sempre — ficaria em segundo plano. Sentiu-se péssima. O grande peso do passado, sempre à espreita, tinha voltado e caído sobre seus ombros.

— Peguei uma sidra para você, sra. P. — disse Ollie, carregando três copos.

Eve mal assentiu e não respondeu. Toda a satisfação do dia tinha desaparecido. Tentou se recompor, mas continuou imaginando Simon na fila da recepção, lindo com seu terno matinal. Ele sempre foi charmoso. Como foi burra por não ter pensado nisso antes. Burra, estúpida, idiota.

Levantando-se de repente, com planos de fugir para o banheiro feminino, ela derrubou o copo. A sidra derramada fez uma mancha imensa em sua saia.

— Ah, mamãe! — exclamou Izzy, a voz tão esganiçada pela tensão que as palavras saíram num guincho.

Um grupo grande de pessoas atraentes e bem vestidas entrou no jardim bem naquele instante, e o barulho do copo quebrando e o grito de Izzy chamaram atenção. Esfregando a saia sem esperanças, Eve sentiu os olhares de todos sobre ela. Seu rosto corou, e ela sentiu um calor nas têmporas. Debruçando-se na tentativa de se esconder, percebeu que não conseguia enxergar direito. Ciente do coro de vozes desaprovadoras atormentando sua mente, continuou esfregando o tecido fino nos joelhos de maneira frenética, até perder completamente o fôlego. Ela sabia que ia desmaiar na grama do pequeno jardim, de repente movimentado, na frente de todos. Deixou escapar um pequeno lamento, alto e doído, como o grito distante de uma ave marinha.

— Mamãe? *Mamãe...?*

— Sra. P.?

Eve ouvia as vozes, mas não conseguia responder.

— Eu sou médico — disse um homem. — É sua mãe, não? Qual é o nome dela? — Era um homem de meia-idade com uma camisa de golfe. Izzy deixou que ele a afastasse de Eve, caída com uma perna dobrada para trás, lembrando o contorno desenhado com giz em um filme policial antigo.

— É Eve. Mamãe...?

A respiração de Eve estava incontrolável, ofegante. Respirar exigia um esforço imenso.

— Eve? Meu nome é Matt. Sou médico. Você consegue me ouvir?

Eve conseguia. Virou-se para o médico, os olhos arregalados.

Talvez ela não fosse bonita. Talvez fosse morena e roliça. Tudo nela era reconfortante. Seu nome simples, as receitas, o jeito de escrever. E escrevia bem — simples e direta, mas às vezes com lirismo. Sua amiga de culinária. Às vezes parecia ser sua melhor amiga. *Carneiro fica bom com ameixas*, ela dissera.

Gostei de saber sobre as ameixas, ele escreveu. Eve tinha falado sobre a árvore do seu jardim. Via a árvore pela janela da cozinha e a usava para marcar as estações. Era incapaz de tolerar desperdício, explicou, e talvez aquela fosse a origem do seu amor pela culinária. Eve não suportava ver as frutas lindas, maduras e macias apodrecendo, abandonadas. Queria transformá-las em alguma coisa. Adorava ver os potes de geleia enchendo sua despensa, gostava da regularidade do hábito e, claro, do sabor. Quanto menos tempo entre a colheita e o preparo, melhor o gosto. A intensidade do sabor se perdia rapidamente.

Entendo o que você quer dizer sobre o efeito da proximidade no sabor, ele escreveu:

Com peixes é a mesma coisa. Eu costumava ir a Nantucket no Ano-Novo, pouco antes do último mergulho. Pouco antes de a água ficar fria demais para os mergulhadores. Ia só para comer vieiras. As últimas do ano tinham um gosto muito intenso e ao mesmo tempo bem fresco.

Passava da meia-noite. Jack jantara sozinho num pequeno restaurante italiano na cidade vizinha — havia comido vôngole, tomado Fernet Branca com o dono e voltado de carro às dez, disposto a trabalhar. Era uma sensação boa. Mas por fim Jack acabou não trabalhando. Ligou o computador e abriu a tela, pousando a mão no teclado familiar, porém não conseguiu escrever com o estilo ousado, rápido e pesado de um autor bem-sucedido de quarenta e nove anos. Não conseguiu escrever do seu jeito de sempre. Parecia mais uma criança catando caranguejos, como se houvesse perigo por perto. Digitou algumas palavras e parou. Depois ficou sentado sem se mover por um instante, lutando contra o bloqueio. Em seguida, agitou os dedos e decidiu que já era tarde, que estava cansado, e releu a carta de Eve sobre as ameixas. Era sua favorita até o momento, além de ser a mais longa.

Parecia estranho como a correspondência com Eve, apesar de tão recente, estava se tornando rapidamente uma parte significativa de sua vida. Ao ler as cartas, ele entrava em contato consigo mesmo, com sua melhor parte. Sentia no papel timbrado o aroma agradável e fresco de ervas.

Jack queria consolidar a amizade. Aprofundá-la. Então, à uma hora da manhã, escreveu:

Cozinhar é o que eu faço de melhor. Quando escrevo, consigo atravessar a linha de chegada com tranquilidade, mas sem nenhum estilo específico. E, com pessoas, tendo a tropeçar no primeiro obstáculo. Quando digo pessoas, quero dizer mulheres.

Estou começando a perceber como as minhas falhas são sistemáticas nessa área. Talvez essa percepção me ajude a reparar um pouco da minha dívida com o universo feminino.

Assinou, levou a carta e o copo vazio até a cozinha e foi dormir.

— Bem, a boa notícia é que seu coração está ótimo. — A médica sorriu ao dizer isso para Eve. Ela tinha a pele da cor de caramelo e usava uma corrente fina de ouro no pescoço. Brilhava no fundo azul e pardo envernizado do quarto do hospital municipal.

— Sim, obrigada — respondeu Eve, esforçando-se para sorrir. Mas por dentro pensou que, se fosse o coração, pelo menos algo poderia ser feito.

— Porém você deveria marcar uma consulta com o clínico geral logo Talvez ele queira fazer mais alguns exames, para tentar descobrir a causa dos seus sintomas.

"Qual é a causa?", pensou Eve, repetindo a pergunta na cabeça. "Qual é a causa?"

— Sim — concordou.

— Hoje só fizemos um eletro — continuou a médica —, então já sabemos que não existe nenhum perigo imediato de um ataque cardíaco. E você não apresenta nenhum outro sintoma de problemas no coração. Os pulmões também estão bons. Está sentindo algum desconforto agora?

Eve queria gritar: Sim! Sim, estou sentindo um tremendo desconforto.

— Não — respondeu.

A médica olhou para ela com simpatia — Às vezes, ansiedade pode produzir esse tipo de sintoma. Isso é algo que seu médico pode tentar ajudar, se você quiser. Há muito a fazer nesse sentido — explicou.

— Sim, sim. Obrigada — Eve se levantou para partir, erguendo a bolsa que parecia terrivelmente pesada, preparando-se para encarar

Izzy e Ollie que esperavam fora do quarto. A médica tirou a intravenosa e a acompanhou até a porta.

— Estou bem. Só não tenho dormido direito — Eve disse no corredor, enquanto Izzy e Ollie se levantavam de suas cadeiras de plástico. A de Ollie foi um pouco para trás e raspou o chão. — E talvez estivesse um pouco desidratada.

— Ainda bem — disse Izzy. Logo em seguida: — Agora vamos pegar um trânsito horrível na volta.

Jack se arrependeu de ter escrito aquela carta para Eve. Parecia pretensiosa à luz do dia. Mas era tarde demais. Rick já tinha visto a carta endereçada na mesa da cozinha e a enviado. Ele lavava e enviava correspondências como um furacão.

Droga, pensou Jack, quando se deu conta de que não tinha volta. Conseguia estragar tudo com uma mulher antes mesmo de conhecê-la. Sentiu-se deprimido, sem razão, com a possibilidade de prejudicar o relacionamento com Eve. Havia algo nela que o fazia querer agradá-la. Jack não se sentia assim fazia muito tempo — havia quinze anos as mulheres tentavam agradá-lo, e nenhuma tinha conseguido.

Resolveu ir até a Hatty's para tentar se animar e estava pronto para sair quando ouviu passos na varanda. Ficou imóvel, prestes a sair de fininho pelos fundos, imaginando que fosse Lisa. Mas ficou envergonhado e decidiu agir como um homem e conversar com ela. Expirou com força e foi até a porta.

— Desculpe, você está escrevendo? Você está escrevendo, não é?

— Não — respondeu Jack, surpreso.

— Vim para pedir desculpas — disse Adrienne.

— Desculpas?

— É. Eu me senti mal depois da minha visita, por ter questionado seu trabalho. Sei que é errado, na verdade. Sei que nunca se deve perguntar a um artista sobre sua obra. Fui intrometida.

Jack ficou surpreso demais com a reviravolta para responder. Esperou um momento, tentando recuperar o foco.

— Então — ela disse, a voz amena —, só queria pedir desculpas.

Jack desviou os olhos por um instante, voltando-se para um porta-guarda-chuvas de ferro fundido ao lado da porta. Continha uma pequena coleção de bengalas peculiares e um guarda-sol japonês de papel. Ele nunca tinha gostado daquele negócio.

— Pelo que me lembro — disse, voltando a erguer os olhos —, eu é que fui o babaca.

Ela não respondeu, só continuou o observando, sorrindo levemente. Era ainda mais atraente do que ele lembrava.

— Você está com alguém? — ele perguntou, olhando para trás dela, aguardando ver um grupo de garotas esperando, daquele jeito que elas fazem, com os quadris de lado e o cabelo preso para trás pelos óculos escuros. Não havia ninguém.

— Não, vim ver você. — Virou-se e apontou um jipe preto estacionado na calçada.

Jack não sabia o que dizer, então sugeriu que ela o acompanhasse à cidade para tomar um café, e Adrienne concordou.

No caminho, falaram sobre Dex, seu assunto em comum.

— Estou muito feliz por ele — disse Adrienne. — Ele é tão talentoso. — O teste para o papel tinha ido bem.

— Dex teve uma boa oportunidade como essa uns dez anos atrás, mas acabou não dando certo por alguma razão — contou Jack, lembrando-se de Dex naquela época. Ele era sempre a mesma pessoa quando estava com Jack. Mas quando aqueles primeiros papéis mais importantes começaram a aparecer, acompanhados pela atenção decorrente, ele pareceu adquirir uma energia especial perto das outras pessoas, algo quase palpável. Falando com o amigo naquela semana pelo telefone, ouvindo as novidades e os sons de um bar, ou de uma festa, no outro lado da linha, Jack detectou aquela mesma energia de novo. Sentiu inveja.

— Ele nunca parou de trabalhar — disse. — Continuou seguindo em frente. — Jack estava só começando a perceber como suas palavras eram verdadeiras.

Então houve um instante de silêncio, o assunto parecia acabado. Continuaram andando, a calçada quente sob os pés, o sol alto. Passaram por meia dúzia de casas amplas, duas construções históricas de tijolos vermelhos com bandeiras tremulantes e um parque. Mais à frente, sob os toldos das elegantes lojas coloniais do centro, viram barcos de madeira, suéteres listrados e elaborados trajes de natação.

— Adoro o mar — disse Adrienne de repente, quebrando o silêncio.

— Eu também. Mas gostava mais desta parte quando era menos popular.

Ela riu, e Jack sentiu seu ego sendo ativado. A necessidade de manter a atenção de uma mulher — ainda mais de uma mulher linda. Velhos hábitos.

— Tudo é meio perfeito por aqui hoje em dia — ele continuou. — Está começando a parecer esquisito.

Os dois pararam quando uma senhora altiva e extremamente bronzeada bloqueou o caminho. Estava inclinada, uma sacola plástica protegia as mãos e os anéis. Ao seu lado, um bichon frisé aguardava, ofegante. Sua língua tinha cor de doce de morango — a mesma cor do batom da dona.

— Nada de sujeira nas ruas — comentou Adrienne, ao passarem.

— Não, fica tudo dentro das casas.

Hatty fazia café do jeito que Jack gostava, sem nada que ele não pudesse identificar. Gostava de pedir um café e saber que a bebida viria numa xícara grossa de porcelana e teria aroma e aparência de café. Ao avistá-lo. Hatty encheu uma xícara com o bule que deixava na cozinha para uso próprio e serviu para ele com um sorriso largo. — E o que posso oferecer à mocinha? — perguntou.

— Ah, também vou querer café — respondeu Adrienne.

Jack sentiu-se satisfeito. Ficou olhando quando ela levantou a xícara e tomou um gole.

— Você foi um desses meninos que adorava livros e sempre quis escrever, Jack? — ela perguntou, e uma preocupação súbita surgiu em sua expressão; era medo de ter invadido um território desconfortável de novo.

Jack ficou constrangido por fazê-la se sentir daquele jeito. Ele não tinha tempo para pretensões e, embora houvesse certos rituais que cumpria para proteger sua vida como escritor, não se considerava um artista. Se havia alguma pretensão, ela tendia para o lado oposto. Ele tentava, talvez com exagero, passar a impressão de que era um trabalhador comum. Um homem de negócios, ou um professor de colegial, como seu pai.

— Na verdade eu queria ser jornalista — disse. — Achei que fosse escrever uma reportagem sobre alguma grande empresa ou o governo que mudaria o mundo.

— E escreveu?

— Em geral eu cobria esportes, pequenos crimes e exposições de cães.

— Então você começou a escrever ficção?

— De certa forma. As exposições de cães não chegaram a destruir minha ambição, então pedi demissão do jornal e fiquei pensando, cismando. Mastiguei uma caneta Bic e escrevi um monte de imitações terríveis de Joyce. Quando aquilo não chamou a atenção do mundo literário, comecei a experimentar imitações terríveis de Hemingway.

Ela deu risada.

— Minha pobre esposa teve de pagar as contas e aguentar meus clichês e minha vaidade. Até que ela cansou e me trocou por um pediatra, um cara realmente íntegro. Eles moram em Connecticut. Felizes como mariscos. Três filhos e um mirante. Então, pelo menos não tenho que me sentir mal por isso.

— Então Marnie foi sua segunda mulher?

Jack fez uma pausa, erguendo a xícara.

— Dex me contou sobre ela — explicou Adrienne.

— Marnie foi minha segunda mulher. Dois a zero. Pelo visto não sou um bom marido.

— Sem filhos?

— Sim. O que deve ser uma coisa boa. Acho que eu seria um pai bem ruim também, e esse é um crime pior.

Ele se arrependeu assim que acabou de falar. Era um assunto sério demais para uma conversa durante um café com uma jovem desconhecida. Esperava alguma resposta estereotipada, do tipo que muitas mulheres usam: "Ah, acho que não...". Uma resposta com um toque de flerte. Mas não foi o que aconteceu.

— É verdade — respondeu Adrienne, séria. — É mesmo.

Quando voltaram para a casa, Jack se despediu de Adrienne. Os dois ficaram parados meio sem graça ao lado do carro dela por um instante. Então, pouco antes de contornar o capô para entrar no lado do motorista, ela ficou na ponta dos pés para dar um beijo na bochecha dele, leve e simples.

— A gente se vê, Jack. Fiquei feliz por ter vindo.

— Eu também — ele respondeu.

Capítulo Quatro

Jack ainda estava na calçada quando Lisa passou de carro com a capota abaixada e entrou na garagem, fazendo uma curva fechada e imprudente. Foi difícil para Jack imaginar que a manobra, assim como o jeito indiferente de sair do carro e caminhar até a porta rebolando, não foram um showzinho para ele. Claro que foram. Mesmo assim, determinado e tomado por um senso de decência após a visita de Adrienne, ele atravessou a rua e o quintal da casa dela e a chamou.

— Lisa.

Ela se virou na mesma hora, os calcanhares traindo a expressão de indiferença que tinha adotado.

— Jack? — Estava carregando uma sacola de compras de uma butique da cidade. Jack reconheceu o nome, já tinha comprado alguns presentes lá para Marnie, e o rosto dela sempre se iluminava ao ver a sacola. Lisa ergueu as compras à sua frente, como um escudo.

— Lisa, queria pedir desculpas. Nunca devia ter falado com você daquele jeito — disse Jack, aproximando-se dela na garagem.

— Não, não devia mesmo — ela respondeu.

Lisa ergueu a cabeça e fez uma cara feia para ele, como se quisesse prolongar a questão, pensou Jack, e extrair um pedido de desculpas mais longo e elaborado. Ele se preparou para fazer isso. Mas Lisa, muito ciente de que Jackson Cooper era um homem solteiro, atraente, rico e, mais ainda, alguém de quem realmente gostava — uma espécie rara que ela sempre se dedicava a buscar —, sorriu e baixou a sacola de compras. Empinou os seios e disse com voz tolerante:

— Nós bebemos demais.

Naquele instante, ela pareceu mais bonita e verdadeira que em qualquer outra ocasião, pensou Jack.

— Obrigado, Lisa — ele respondeu, com um "Vamos ser amigos" implícito nas palavras.

Entendendo as duas mensagens e brava consigo mesma por ignorá-las, Lisa perguntou:

— Quer entrar? Está esquentando, vou passar a tarde na piscina. — Uma última isca, posicionada com suavidade.

A casa de Jack não tinha piscina. Os antigos donos, um casal idoso com enfermeiras suecas contratadas para cada um, não aprovavam banhos de piscina. Eles atribuíam suas idades avançadas, ele com noventa e seis, ela com noventa e três, a banhos de mar. Ambos desciam pelo deque para um mergulho matinal todos os dias, de março a outubro, todo ano desde que compraram a casa, em 1956. Jack pensou no velho casal, imaginou seus pequenos corpos franzinos cobertos por maiôs pretos, ela com uma touca de borracha na cabeça, os dois com toalhas presas na cintura, andando pela areia. Saco, pensou, ele ainda não queria ser velho.

"O.k., claro", Jack escutou seu cérebro dizendo. Mas sua voz não o decepcionou:

— Obrigado, mas não — respondeu, com toda a delicadeza possível.

Lisa, capaz de reconhecer a derrota subjacente à gentileza masculina, baixou a sacola, os seios e as esperanças, resignando-se a mais um longo dia de conversas vazias pelo telefone e leitura de revistas fúteis.

Querida Eve,

Sinto que posso ter ultrapassado algum limite em nossa amizade. Não recebo cartas suas desde que mencionei minha vida pessoal e me pergunto se você ficaria mais à vontade mantendo as nossas conversas (é assim que vejo nossa correspondência) no assunto que as iniciou — comida. Por outro lado, talvez isso seja puro narcisismo (tendo a exercê-lo), e sua falta de resposta pode não ter nada a ver comigo.

Então, tendo avaliado as duas opções, vou arriscar — o que você acha de nos encontrarmos? Minha sugestão é um lugar neutro — Paris. Poderíamos nos encontrar por alguns dias e comer. Talvez em outubro, depois de as multidões terem ido embora, em especial os americanos. Não se preocupe com detalhes, passagens e coisas do tipo. Se confiar em mim, posso providenciar tudo (claro que você pode escolher sua própria acomodação). Nos encontraríamos em algum lugar maravilhosamente iluminado e perfumado. Estarei com chapéu-panamá.

Jack

Eve parou o carro no estacionamento anexo ao novo shopping. O estabelecimento já tinha uns oito anos, mas ainda era chamado de "novo" por quase todos os moradores de Sudbury, e provavelmente isso só mudaria quando construíssem um outro. Teria preferido fazer o percurso de ônibus, não porque gostasse — Eve tinha aversão a quaisquer transportes públicos —, mas por se sentir meio acanhada de ir trabalhar numa loja de caridade dirigindo um Bentley.

O Bentley tinha sido comprado por sua mãe alguns anos atrás, e Eve o herdou e o manteve, vendendo seu humilde Mitsubishi por insistência de Izzy. Sua filha não estava pronta para se desfazer de nada que a avó tivesse tocado.

Foi preciso dar duas voltas pelo estacionamento antes de encontrar uma vaga com espaço suficiente para manobrar; depois de estacionar, atravessou a ponte e desceu para a High Street, seguindo até a loja da Cruz Vermelha.

— Você por aqui?! — ironizou Geraldine. Era verdade que, no decorrer dos últimos doze meses, Eve tinha aparecido pouco. E se sentia culpada por isso.

— Desculpe não poder ter ajudado mais, Geraldine — disse.

— Sem problema — insistiu Geraldine, animada. Ela usava uma combinação extraordinária de vestes multicoloridas, várias pareciam ter sido feitas por ela, e seus cabelos pendiam numa trança comprida e meio desfeita pelas costas. Abriu um sorriso largo. Era a pessoa mais feliz que Eve já conhecera.

— Você está aqui agora — disse. — Quer chá? Estava arrumando essas aqui — apontou um pequeno monte de roupas de bebê. — Por tamanho e tudo o mais. Uma mulher deixou todas elas hoje de manhã. Estão em excelente estado. Olha só — pegou uma das pequenas peças da pilha e mostrou.

Eve concordou que a peça parecia imaculada.

— Vou fazer o chá — ela se ofereceu. — Você está ocupada. Eu trouxe uns biscoitos de gengibre.

— Oba!

O entusiasmo genuíno na voz de Geraldine foi animador para Eve. Foi bom ter ido.

— Até o chá tem um gosto melhor quando é você quem faz — disse Geraldine, quando Eve voltou do cômodo do fundo com as xícaras.

— Sempre trago chá que compro a granel, prefiro ao de saquinho — explicou Eve.

— Não é só isso. É um toque. Eu nunca tive... esse talento com comida. Se não precisa de tesoura ou de abridor de latas, não sei cozinhar — ela riu.

Eve riu com ela e deixou a xícara de lado para ajudar com as roupas infantis. Quando terminaram, entrou uma mulher com uma garotinha de uns dois anos, num carrinho de bebê. A criança olhou para Eve, os olhos arregalados, segurando um copo de plástico com canudinho.

— É tudo grande demais pra você, sapequinha — disse a mãe, remexendo as pilhas que Geraldine e Eve tinham feito. — Mas são bonitas — ela sorriu para as duas. — Eu já tenho duas na escola — disse. — Já cumpri a minha parte.

Eve sorriu para a mulher. Ela tinha pequenos pés de galinha nos cantos dos olhos e uma mecha de cabelo escapando de um grampo plástico na nuca. Usava calças jeans e um casaco impermeável desgastado. Empurrou o carrinho, com sacolas de compras penduradas nas alças, pelas prateleiras de roupas, pilhas de livros e bugigangas, até voltar para o balcão com uma camiseta infantil e dois livros, um infantil, na forma de um relógio, e o outro um calhamaço brochura. Era um dos livros de Jack.

— O meu namorado gosta — explicou a mulher.

A filha tinha adormecido. O copo de plástico jazia abandonado no colo, a cabeça recostada na estrutura metálica do carrinho. Curvando-se para pegar o copo para guardá-lo numa das sacolas pesadas, a mãe perguntou: — São bons esses livros?

— São — respondeu Eve. — São muito bons.

Tinha começado a chover, e a mulher fechou o guarda-sol do carrinho de bebê. Depois cobriu a própria cabeça com o capuz e franziu o cenho. Sua tez pálida tinha um aspecto desbotado, como lençóis antigos.

Jackson Cooper, pensou Eve, vive a um voo de cinco horas daqui, em outro universo.

Eve passou o dia inteiro na loja e fechou o lugar para Geraldine, que cantava num coro às terças-feiras e apreciou a oportunidade de sair mais cedo.

— Assim tenho tempo de comer um feijão enlatado antes de ir — ela tinha brincado.

Eve ficou feliz por compensar a baixa frequência de comparecimento, mas também queria provar algo para si mesma. Queria provar que poderia lidar com a situação, que conseguia sair de casa e agir. Essa foi a verdadeira razão de ter ido à loja.

A loja não teve movimento na última meia hora, e Eve gostava da companhia de Geraldine, mas se sentiu esgotada no caminho de volta para casa. A ideia do casamento e das responsabilidades envolvidas estava começando a tirar seu sono. A viagem a Hadley Hall tinha sido um fracasso, e ela sabia que o pior ainda estava por vir. Dirigiu no ritmo estável ditado pelo trânsito vespertino, mas sentia o início de um pequeno batimento ansioso e errático no peito.

Gwen estava esperando quando ela entrou pela porta da cozinha.

— Eu nunca gosto de chegar numa casa vazia — ela respondeu, quando Eve a repreendeu por ficar até tão tarde. Já eram quase sete horas. — Fiz uma torta de frango. A minha massa folhada não é tão boa quanto a sua, mas está quente. Sente-se — disse. — Vou preparar um chá.

Apesar de ter saído por pouco tempo, Eve sentiu que tinha passado uma eternidade fora. — Não, Gwen, não precisa. Tem alguns Chablis na despensa. Vou abrir uma garrafa. Quer tomar uma taça comigo?

Gwen pareceu surpresa, e Eve sabia que era uma proposta fora dos padrões, mas de repente não se importou.

— Por favor, Gwen, só uma taça. Sei que você tem que voltar para casa.

Gwen, talvez respondendo à intensidade do sentimento na voz de Eve, concordou e foi buscar o vinho.

— Não, pode deixar — insistiu Eve. — Espere lá na estufa. É muito agradável a essa hora.

Mas, enquanto Eve abria a garrafa, Gwen pôs duas taças numa pequena bandeja envernizada.

— Ai — disse Eve, vendo a preparação —, não consigo levar isso, vou derrubar. — E começou a chorar.

Eve tinha chorado poucas vezes na vida, e nessas ocasiões as lágrimas se derramavam aos poucos, fluindo de seus olhos lentamente, nunca em prantos. Uma vez, pouco depois de Simon partir, estava vagando insone pela casa e entrou no quarto de Izzy, sentando-se na cadeira de amamentação, ao lado do berço, para ver a bebê dormindo. No escuro, sem tocar na filha, ela chorou um pequeno rio. Mas o fez em silêncio e sem intensidade. Na verdade, de repente a babá entrou no quarto e, depois do susto ao ver a patroa ali de camisola, perguntou se poderia ajudar em alguma coisa. Mas Eve conseguiu se controlar e responder que não era necessário, só tinha vindo dar uma olhada. E Kate, acendendo uma luz fraca, seguiu fazendo seu trabalho sem nenhuma ideia das profundezas de dor que o cômodo ainda abrigava.

Mas agora Eve chorava convulsivamente, como se sua alma estivesse sendo sugada. Gwen, gentil e maternal, apoiou uma das mãos no braço da patroa, reconfortante, sem intervir. Quando Eve se acalmou um pouco, Gwen a levou em silêncio até a estufa.

Gwen ajudou Eve a sentar numa cadeira de vime e lhe deu uma taça. Em seguida, acomodou-se em outra cadeira, de frente para ela. Por um tempo, as duas tomaram goles de vinho em silêncio, e então Gwen disse:

— Bem, isso estava para acontecer havia muito tempo.

Eve olhou para ela incerta, esgotada. Baixou a taça de vinho e passou a mão pelo tampo de vidro da mesa a seu lado.

— Uns vinte anos, pelas minhas contas — continuou Gwen.

Eve sentiu alguma coisa, algo distante vindo se formar em seus lábios, uma contestação, algum comentário que restabelecesse o relacionamento empregada-empregadora entre ambas. Começou a tentar se levantar, mas desistiu e murchou de novo, recostando-se na cadeira e fechando os olhos. Uma lágrima nova e solitária percorreu sua face. Quando falou, sua voz ainda estava entrecortada:

— Gwen, estou tão confusa. A minha vida está tão confusa.

— U-hum — assentiu Gwen.

Subitamente atenta ao ambiente arejado e de teto alto da estufa, o jardim imaculado mais à frente, Eve disse:

— Ah, eu sei... — com um tom envergonhado. — Sei que sou privilegiada.

Gwen ergueu a mão.

— Você está solitária — respondeu com firmeza. — Passou anos atendendo aos caprichos daquela megera da sua mãe. Peço desculpas, mas estamos sendo francas, e a mulher era uma megera, o jeito como ela tratava você. E agora que finalmente se livrou dela, você está deixando essa sua filha lhe usar como um capacho. O que você precisa é de amigos. Não precisa de mais plantas, de mais livros de receitas. Amigos, pessoas de verdade que gostem de você. Você é uma das pessoas mais inteligentes, simpáticas e delicadas que já conheci, e passa noite após noite fechada aqui desperdiçando sua vida.

Lá fora o céu começava a ficar turvo com o crepúsculo. Gwen seguiu em frente:

— Além do mais, você é uma mulher muito atraente, com um belo corpo. Poderia encontrar um bom homem.

Eve começou a chorar de novo, um choro suave, mas percebeu que também conseguia falar. — O problema, Gwen, é que eu não consigo... mesmo que tivesse amigos... não posso ir a lugar nenhum, porque tenho esses... ataques.

Gwen assentiu. — Como no dia das violetas — relembrou.

— Como no dia das violetas.

Na véspera do enterro da mãe, Eve resolveu fazer alguns arranjos de violetas, porque Izzy viria e porque precisava fazer alguma coisa.

Algo que pudesse fazer sem pensar. Estava se sentindo mal. Não especificamente pela perda da mãe — Eve não era hipócrita —, mas porque, por meio daquela perda, tantas outras fizeram-se sentir. Nas horas seguintes à morte de Virginia, começou a ser envolvida por uma dor cujo tamanho era impossível mensurar.

E havia questões do funeral para resolver, os preparativos para o velório na casa, os pratos que seriam servidos. A vida de uma mulher festeira que havia se casado várias vezes não tende a acumular muito em termos de amizades duradouras, mas havia o médico de Virginia, Geraldine, uma vizinha de Eve, um velho namorado de sua mãe — cujo nome ela não se lembrava, porém que tinha ligado depois de ler a nota de falecimento no jornal *The Telegraph* — e também Dodo, a velha amiga de Virginia dos seus dias de champanhe, para ficarem de luto ao lado da família.

Dodo disse que se hospedaria no hotel The George, apesar de Eve ter feito um convite bastante cordial para que ela dormisse na casa.

— Não — insistiu. — Gosto de ter o meu próprio espaço — e foi a primeira vez que Eve se identificou com algo que Dodo falou.

Mais tarde, quando se abaixou para cortar o primeiro caule de violeta, com um avental branco sobre o vestido com cardigã, Eve se deu conta pela primeira vez de que se esse sujeito, o antigo namorado — Ted? Ned? — tinha lido a nota no jornal, talvez outros amigos de Virginia também o tivessem. Talvez um número bem maior de pessoas aparecesse no dia seguinte, pessoas que ela não conhecia, vindas de Londres.

Eve imaginou uma horda de mulheres inteligentes com idades indiscerníveis, bronzeados impecáveis e joias no seguro, chegando acompanhadas de maridos autoconfiantes. Maridos que a pressionariam com perguntas intermináveis: "Então, o que você faz aqui o dia inteiro sozinha, Eve? Cuida do jardim sozinha, é?". Ainda que eles fossem esquecer suas respostas num instante, mesmo assim ela teria de inventar algumas. Foi um pensamento apavorante. Depois as mulheres começariam a compará-la com a mãe. "Não dá para imaginar que ela é filha da Virginia, não é mesmo?"

De repente, Eve sentiu que ia desmaiar. Endireitou o corpo e abaixou a cabeça, tentando afastar aquela sensação. Mas a tontura continuou, acompanhada por um aperto na base da garganta. Sentou no cascalho úmido com a tesoura no colo, querendo se recuperar. Porém não foi o que aconteceu. Seu coração batia tão forte contra as costelas como se pudesse explodir. O céu matinal, limpo e claro, parecia estar afundando para esmagar seu corpo.

Naquele instante, Eve pensou que estava morrendo. Achou que nem chegaria a ter uma vida sem a mãe. Não poderia aproveitar a casa, ler na cama, deixar os cabelos soltos sem atrair comentários negativos. Quando encontrou-a no chão, trêmula e branca feito giz, Gwen também temeu pelo pior. Mas depois, na clínica médica de Sudbury, os sintomas de Eve foram atribuídos à exaustão. O diagnóstico foi confirmado na semana seguinte, quando uma extensa bateria de exames realizada no hospital local confirmou que ela estava em perfeita saúde.

— Então continua acontecendo? — perguntou Gwen.

— Continua.

— Eu imaginava.

— Esta semana, com Izzy e Ollie. Foi horrível. Não posso continuar assim, Gwen. Não posso mesmo.

— Não — concordou Gwen. — Não pode mesmo.

Na verdade, Izzy estava tão ansiosa com a perspectiva de rever o pai quanto Eve. Ela o tinha encontrado duas vezes em dezessete anos e não conseguia se lembrar de nenhum período significativo com ele antes daquilo, se é que existira. Enquanto o esperava, nervosa, no saguão do imenso hotel no centro de Londres, onde ele sugeriu que almoçassem, Izzy temia não conseguir reconhecê-lo.

— Izzy — chamou alguém vindo de trás.

Ela se virou, e lá estava ele. Exatamente o mesmo. Bonitão e excepcionalmente bem vestido. Mais grisalho, mas o mesmo.

— Desculpe deixar você esperando — disse, olhando de soslaio para o relógio.

— Não, eu é que me adiantei — ela respondeu.

O pai sorriu.

— Pensei em tomar um drinque antes de ir para a mesa... se você quiser. — De repente ele também parecia inseguro, e aquilo a deixou um pouco mais relaxada.

— Claro, vamos. Por que não?

— Por aqui, então — ele deu um passo para trás e a deixou passar. Atravessaram um corredor arqueado e entraram num amplo espaço, com pé-direito alto, repleto de poltronas elegantes de acabamento fino e cadeiras orladas de dourado ao redor de mesas angulosas. — Um coquetel de champanhe, querida? — ele perguntou, recuperando o charme e a compostura enquanto sentavam.

— Sim, obrigada.

— Então — começou a dizer, acomodando-se e ajeitando o paletó. — Me conte sobre esse rapaz. Ele merece você?

A primeira reação de Izzy foi nervosa, infantil. Queria que o pai se impressionasse com Ollie. Mas logo se recompôs. Quem era aquele homem para questionar suas escolhas? Ele a havia abandonado quando criança e mal fez qualquer tentativa de entrar em contato desde então. Cartões de Natal e de aniversário acompanhados de presentes caros e insignificantes. Não, aquilo não era aceitável.

— Somos muito felizes — ela respondeu. Seu drinque chegou, ela ergueu a taça e tomou um gole com lábios tensos.

— Que bom — respondeu Simon, avaliando-a. Ela era atraente, pensou, mas não tinha a graça da mãe. Eve tinha uma aparência suave, como uma aquarela, enquanto Izzy era toda angulosa. Como a avó.

— Meus pêsames pela morte de sua avó, Izzy — ele disse, com tom firme.

O comentário não ajudou a apaziguá-la.

— Obrigada — respondeu, baixando a taça.

— E sua mãe — continuou Simon. — Como ela está?

Izzy o encarou. Havia sinceridade em seu tom de voz.

— Ela... está bem — respondeu, sentindo uma lealdade inédita para com Eve. Não queria falar muito sobre ela para esse homem, esse estranho.

Seus pensamentos foram interrompidos pela voz de Simon.

— Estou muito feliz por você ter ligado, Izzy — anunciou, inclinando-se um pouco na direção dela, como se prestes a pegar sua mão.

Mas Izzy continuava na defensiva.

— Bem, já que eu não podia contar com um telefonema da sua parte — respondeu.

Simon Petworth pareceu magoado. Mas não perdeu a compostura.

— Não... não, tem razão. Eu não teria telefonado. Mas isso não quer dizer que eu não queria falar com você, que não fiquei feliz com isso. Vai soar banal, eu sei, mas sempre pensei muito em você nesses anos.

Izzy ficou chocada ao perceber como queria que isso fosse verdade. Tentou contornar sua fraqueza com desdém.

— Receio que pareça mesmo banal.

— Sim... sim. Em todo caso, vamos dar uma olhada no cardápio, e aí podemos discutir esse casamento. Eu sei que a decepcionei de muitas formas, Izzy, mas garanto que vou fazer o melhor possível para que tenha o casamento dos seus sonhos. — Ergueu a mão num gesto elegante, e logo um garçom de uniforme enfeitado trouxe os cardápios.

Izzy relaxou um pouco quando abriu o menu. Comida era um território familiar.

O garçom, que tinha cumprimentado seu pai pelo nome, enunciou:

— Nós temos carpaccio hoje, madame. E também bisque de lagosta. Ou, se desejar algo mais leve, talvez um pequeno consommé.

Houve uma breve, porém vigorosa, discussão para Izzy se decidir por ovos de codorna e vitela.

— Muito bom, madame — disse o garçom, como se anotar seu pedido tivesse sido um imenso prazer. Em seguida, voltou-se para o pai de Izzy, que pediu uma salada grande de fava e um linguado. O sommelier foi convocado, e quando todos chegaram num acordo quanto ao vinho, já era hora de ir para a mesa.

Acomodados no luxuoso salão de jantar, Simon olhou para a filha com afeição e disse:

— Vejo que sua mãe incutiu o amor pela comida em você, Izzy. Você cozinha tão bem quanto ela?

— Não cozinho — ela respondeu. E então, farta daquela história de pai e mãe, disparou: — E foi Gin-gin quem me criou. Minha mãe sempre ficou fora da cena. Não tanto quanto você, admito, mas fora mesmo assim.

Simon Petworth olhou para essa garota marcante, que era parte do seu sangue, e sua expressão se imobilizou.

— Sua mãe é uma grande mulher, Izzy. Não há um átomo no corpo dela que não seja decente, e, ao menos que tenha mudado muito, duvido que tenha feito qualquer coisa intencionalmente cruel com você ou com alguma outra pessoa.

Izzy ficou chocada. Ele tinha falado com ela com severidade. Como... um pai.

— Bem, não... — replicou, fazendo uma pausa enquanto os ovos de codorna eram postos à sua frente com alguma cerimônia. Depois de servirem o vinho branco, ela continuou: — Não cruel, é só que, bom, ela não parecia muito interessada em mim. Não tanto quanto Gin-gin.

— Gin-gin — respondeu Simon, esforçando-se para manter o controle — era sua avó, e compreendo que você tenha tido bastante afeição por ela.

Izzy estava prestes a responder, mas a expressão do pai a fez mudar de ideia.

— Porém você é a única. Ninguém mais conseguia tolerar aquela mulher. Se ela foi boa para você, fico feliz... talvez isso a absolva um pouco na morte, mas ela nunca foi boa para sua mãe. Na verdade, é uma imensa vergonha para mim tê-la deixado tratar Eve do jeito que tratava e ter abandonado sua mãe a esse destino. Eu me sinto tão mal por isso hoje quanto por ter abandonado você. Virginia Lowell era uma tirana calculista e desumana, que tratava a filha como uma escrava. Desconfio que Eve tenha deixado a mãe assumir sua criação por ter medo de se manifestar a respeito.

Quando terminou o discurso, começou a comer de modo metódico. O clima entre os dois ficou pesado.

Foi Izzy quem quebrou o silêncio.

— Eu gostaria de fazer a recepção no Hadley Hall — disse.

— Tudo bem — concordou Simon. — Sim, sem problema. Basta encomendar os arranjos que quiser e enviar a papelada para mim. Pode fazer o que desejar.

Izzy se sentiu pouco à vontade. Não estava acostumada a essa sensação e não gostou nada daquilo. Talvez sua expressão tenha denunciado o quanto estava desnorteada.

— Desculpe, Izzy — disse seu pai. — Sei que você gostava de sua avó.

— Eu amava minha vó — corrigiu Izzy.

— Sim, amava sua avó. Mas agora você é uma mulher e talvez tenha filhos em pouco tempo. Tente ter compaixão por sua mãe. Todos nós devemos isso a ela.

Izzy baixou o garfo lentamente, encarando o homem que fizera aquela declaração.

— Se você gostava tanto dela, por que a trocou por aquela... — interrompeu a sentença antes de usar a definição de sua vó.

Simon também repousou os talheres e encarou o olhar da filha.

— Não tenho desculpas. Razões, talvez. Eu era jovem e arrogante e não tinha muito senso. Perdi meus pais quando era adolescente, sei que você sabe disso.

Izzy de fato sabia. Ela fez um gesto rápido concordando enquanto os primeiros pratos eram retirados da mesa.

— Eu me arrependo... bem, não posso dizer que me arrependo de tudo, pois, se não tivesse feito o que fiz, não teria meus filhos e não posso dizer que me arrependo deles.

Houve outro momento de silêncio, interrompido pela chegada dos pratos principais. O linguado foi trazido numa mesa adjacente, e mais vinho foi servido. Simon percebeu que tinha sido inadequado ao mencionar os filhos, até mesmo cruel, e Izzy ficou atônita por ter se magoado tanto com o comentário. Ter sido abandonada pelo pai era uma coisa, mas esse abandono ficou ainda mais brutal por não ter se repetido com os irmãos, frutos dos outros dois casamentos de Simon. Meninos, ainda por cima, talvez ele só se interessasse por filhos homens, ela pensou.

Simon voltou a falar quando a equipe de garçons deixou a mesa. Izzy observava seu prato, meio distraída, e nem pegou os talheres. Ele também não.

— Eu sou um pai melhor para os meus filhos do que sou para você.

— Você *é* um pai para seus filhos — ressaltou Izzy.

Simon estremeceu com a resposta, mas a aceitou. Ouvia a música da pequena orquestra tocando no ambiente onde tinham tomado os drinques.

— Sim — concordou, falando baixo. — Izzy, acho que você e sua mãe têm motivos para me detestar. Eu entendo. Mas também espero que esse encontro, e talvez a minha participação no casamento, possa ajudar um pouco a fazer reparações. Não sou mais jovem, e a vida me ensinou algumas lições. Gostaria de compensar pelo que fiz com você, tanto quanto puder.

A essa altura, Izzy estava contendo as lágrimas e, para mascarar essa falta de compostura, finalmente pegou o garfo e a faca. O pai fez o mesmo e, ainda observando-a, comeu um pedaço de peixe. Izzy levou um pedaço de vitela aos lábios pálidos num movimento lento.

— À altura dos padrões de sua mãe, espero? — Simon sorriu com gentileza. — Ela sempre foi uma cozinheira maravilhosa.

— Ainda é — disse Izzy, e a atmosfera ficou um pouco mais amena.

Pouco tempo depois, após uma conversa superficial sobre o que ela e o noivo faziam no trabalho e sobre a família de Ollie, Izzy perguntou:

— Quem você vai levar ao casamento? Suponho que pretenda vir para a cerimônia... — abrindo um sorriso nervoso.

— Depende de você, Izzy. Mas se quiser conhecer sua mad... — ele se conteve antes de dizer "madrasta". — ... se quiser conhecer Laura e os garotos, seria melhor fazer isso antes do casamento. Aprendi que cerimônias desse tipo podem ser um pouco opressivas — acrescentou.

Surpreendentemente, os dois riram.

Assim que o pai a pôs num táxi, evitando de maneira diplomática um beijo íntimo demais ou um aperto de mãos formal demais, despedindo-se com um carinho no ombro da filha, Izzy pegou o telefone na bolsa e ligou para sua secretária, avisando que, algo atípico, não voltaria ao escritório. Estava se sentindo mais abalada e mais insegura do que jamais se sentira na vida.

Capítulo Cinco

— Não gosto disso — disse Jack em voz baixa para Dex. Estavam sentados num bar ao lado de uma piscina em Los Angeles.

— Não gosta do quê? — perguntou Dex, enquanto observava, mas não de maneira ostensiva, as belas formas longilíneas de uma loira que passava por perto.

— De me sentir sem um objetivo — respondeu Jack.

— Eu não me incomodo — retrucou Dex, voltando-se para ele.

Jack riu. — Você não está sem objetivo. Você está subindo na vida. Os maîtres já sabem seu nome.

— Estou velho demais para "subindo na vida" — respondeu Dex. — Sou um "sucesso repentino".

Os dois riram. Dex estava na Califórnia para participar de reuniões e de outras atividades que Jack não entendia muito bem, relacionadas a seu novo filme. Estava ocupado, mas morando num bom hotel, e Jack, por impulso, pegou um voo para passar o fim de semana com ele. A estada acabou se estendendo por uma semana, durante a qual ele não escreveu nenhuma palavra, embora pretendesse fazê-lo.

Brooke, a filha de Dex, uma adolescente animada, tinha ficado com eles por uns dois dias, e como ela tinha partido, Jack estava determinado a trabalhar. Mas sentia falta de Brooke. Não tanto da garota em si, que ele conhecia pouco, mas de sua energia, da afinidade brincalhona que existia entre ela e Dex. Ficou encantado com o relacionamento do amigo com a filha, quis fazer parte e queria que Brooke gostasse dele. Talvez as pessoas sejam programadas, pensou Jack depois que ela foi embora, para querer a afeição dos jovens e sua proximidade. Talvez o prazer derivado daquela ingenuidade contagiante gerasse um instinto de proteção, uma espécie de yin/yang evolutivo.

Com a ausência de Brooke, Dex começou a aparecer menos, e Jack comprometeu-se a escrever. Olhando para a piscina de sua suíte adjacente à de Dex, sentia aquela vontade dramática de encher páginas só para jogá-las no lixo. Nunca foi seu estilo, mas pensou em fazer isso uma ou duas vezes. Era muito difícil evitar a comparação. Lá estava Dex, partindo para evoluir em sua carreira, e aqui estava ele, encarando uma tela em branco como um imbecil. Aquilo o fazia se sentir inadequado, o que era uma sensação nova. Uma de muitas, nos últimos tempos.

— Resolvi parar de escrever por um tempo depois de acabar esse livro — disse, embora não tivesse realmente tomado aquela decisão até anunciá-la. Algo tinha mudado, mas ele não sabia o quê. O novo romance não estava indo para lugar nenhum. Jack andava sentindo isso mesmo antes de vir para Los Angeles, tendo sido inclusive uma das razões de sua viagem e de ter ficado mais tempo. Para fugir da aceitação concreta de seu estado improdutivo. Pela primeira vez, mesmo quando conseguia escrever, Jack sentia que seus esforços iam contra a maré, sem o vento nas costas. O que veio antes, ele se perguntou, o fracasso ou a sensação de fracasso?

— Acho que essa série já deu o que tinha que dar — disse.

Dex pôs as mãos em concha ao redor dos lábios e falou numa voz de trailer de cinema:

— Seis best-sellers, três grandes produções cinematográficas.

— Esse não está vindo tão fácil. E, de qualquer jeito, não quero continuar produzindo a mesma coisa. Não quero fazer um monte de lixo só porque é popular.

Dex ficou de frente para ele. Tirou os óculos escuros e os limpou devagar na camiseta, pensando. Em seguida deu um tapa na cabeça de Jack. Não com força, mas foi um golpe retumbante.

— Escuta aqui, Coop, seu babaca. Eu que sou o arrogante dessa dupla. E sou ator, arrogância está no contrato. Você, por outro lado, é um autêntico bom sujeito. Também extremamente talentoso. Seus livros são populares porque são bons, porque contam boas histórias, e as pessoas as querem. Você entretém os leitores, Jack, e isso não é lixo. É importante. Exige talento. Você o tem, e se não quiser mais usá-lo, se preferir passar os próximos vinte anos coçando o saco, ou sair atrás de algum hobby sem graça para ocupar a velhice, vá em frente. Você tem grana o suficiente para nunca mais trabalhar, então esse é o tipo de luxo que pode se dar ao direito, mas não choramingue por causa disso. Não para mim, pelo menos.

— Choramingar?

— Você estava choramingando.

A música no bar estava alta, e o pôr do sol da Califórnia fazia a pele das pessoas reluzir. Dex parecia mais jovem a cada dia. Parecia mais vibrante, pensou Jack desde que chegou, e movido por um propósito.

— Se quiser mesmo algo para parar de pensar nos seus problemas fictícios, a Hailey ali pode te ajudar — disse Dex, gesticulando para uma morena bonita, com shorts bem curtos, que dançava do outro lado da piscina. Hailey ergueu os cabelos com uma das mãos, levantando um braço nu e esbelto, e os jogou para trás dos ombros. Depois olhou para Jack e sorriu — uma papoula abrindo-se para o sol.

Jack devolveu o sorriso, mas sem nenhuma promessa na expressão.

— Garotas como Hailey são parte do problema, Dex. Eu não consigo mais dar conta delas.

— Hoje em dia fazem pílulas para isso, parceiro.

Jack deu risada. A viagem até a Costa Oeste estava sendo boa em um sentido: servia para lembrá-lo de que, embora ainda tivesse medo de envelhecer, também não tinha nenhuma vontade de voltar a ser mais novo. Jovem é bom para olhar, para ter por perto, mas a juventude é complicada de viver. Jack se deu conta de que desejava o que uma pessoa deveria ter aos cinquenta anos — talvez filhos, uma Brooke que fosse dele. E uma esposa. Não como foi com Marnie, mas um casamento de verdade. Como o que seus pais tinham. Ele queria aquilo, o que teve a oportunidade de ter com Paula anos atrás, se tivesse sido experiente e esperto o bastante para perceber isso na época. Um relacionamento com uma mulher com quem pudesse conversar. Queria uma amiga. E um pouco de confiança. Uma pessoa não devia ser autoconfiante ao chegar na meia-idade? Não era essa a compensação pelo corpo flácido e pela dependência de óculos para ler?

Olhando para o amigo como se soubesse o que estava pensando, Dex disse:

— Vou repetir, porque você ainda parece determinado a evitar a possibilidade de uma solução disponível: e quanto a Adrienne?

— Talvez você se surpreenda em saber que eu estava pensando exatamente na mesma coisa. E quanto a Adrienne?

Gwen fez questão de ficar ao lado de Eve enquanto ela agendava a consulta com o médico, segurando a pequena agenda telefônica de couro vermelho que ela mantinha na mesa aberta na letra "M". Mas Eve teria agendado a consulta de qualquer jeito. Já estava farta. A conversa com Gwen despertara a possibilidade de pedir ajuda, abrindo um pouco a fresta estreita na parede de desespero que ela nunca conseguiu atravessar sozinha. Queria ajuda. Queria ir ao casamento da filha e se comportar como a mãe da noiva, tanto pelo bem de Izzy quanto por seu próprio. Eve nunca fez o bastante para ela, ficou sempre de lado, deixando sua mãe e as babás assumirem. Sentiu que tinha uma dívida para com a filha. Devia uma mãe para Izzy.

O jovem médico sorriu para Eve. Não era muito mais velho que Izzy, e sua camisa saía um pouco de dentro da calça.

— O que posso fazer por você? — perguntou, como se já soubesse a resposta.

— Eu tive um ataque de pânico — respondeu Eve, com firmeza.

— Uh-hum. Estou vendo alguns resultados de exames no seu prontuário do... ano passado, depois houve uma entrada no hospital algumas semanas atrás. É isso mesmo?

— Sim. Não há nada de errado comigo, na verdade — respondeu Eve.

O médico olhou para ela.

— É só ansiedade. Eu fico terrivelmente ansiosa. Mas parece... — e não concluiu a sentença.

O médico a encarou por um instante, antes de se virar para o computador.

— De fato, os resultados dos exames de sua última consulta aqui e também dessa visita mais recente não indicam nenhuma causa física aparente. Nenhuma irregularidade cardíaca, os pulmões estão limpos. Você tem histórico de asma na família?

— Não.

— Tem tido tosse seca ou algum acesso de falta de ar?

— Não.

— Bem, ansiedade ou estresse podem estar na raiz dos seus sintomas. Posso encaminhá-la para alguém especializado para conversar sobre isso. Terapia costuma ser bastante útil em casos assim. Nesse meio-tempo, uma medicação de curto período também pode ser muito eficiente.

— Sim — concordou Eve, embora parte dela ainda quisesse negar essa condição, recuar para a crosta britânica de resiliência que lhe havia sido infundida. E, embora pudesse ter argumentado, se tal tópico chegasse a seus ouvidos, que doenças emocionais e mentais exigiam o mesmo tipo de tratamento que as físicas, ela ainda preferia precisar tratar de um braço quebrado. — Sim — ela suspirou —, qualquer coisa que possa ajudar seria muito bem-vinda.

— Bom, isso não vai melhorar da noite para o dia. Você sabe disso.

— Sim, Gwen, eu sei.

— Mas foi um belo começo — elogiou Gwen, orgulhosa.

— Espero que sim — respondeu Eve.

Querida Eve

Não tenho notícias suas há duas semanas. Não, isso não é verdade. Não tenho notícias suas há dezessete dias. Passei oito desses dezessete dias na Califórnia — em Los Angeles, para ser mais preciso, com um amigo. É um velho amigo, mas é mais novo que eu em todos os sentidos e está prestes, acredito, a fazer um grande sucesso. Estou com um pouco de inveja.

Trouxe umas laranjas da viagem e pretendo transformá-las em geleia. Parece uma lembrancinha adequada, algo dourado e reluzente com um toque amargo. O problema é que não sei como fazer. E apostaria um laranjal inteiro que você sabe. Talvez possa me ensinar.

Jack.

P.S. Esqueça aquela tolice sobre nos encontrarmos em Paris. Sempre imaginei que você tivesse mais de quarenta anos, como eu, e fosse solteira, como eu.

Querido Jack,

Qualquer bom livro de receitas ensina a fazer geleia de laranja. Não é muito diferente de qualquer outro preparo, embora, assim como ocorre com quase todas as coisas, em especial na cozinha, você precisa pegar o jeito primeiro, antes de acrescentar o seu próprio toque. Eu prefiro fatiar a fruta em vez de picá-la, e de vez em quando substituo o açúcar refinado por mascavo. Acho que talvez você goste disso. Intensifica o sabor, de alguma forma fica mais masculino.

Eve

P.S. Eu tenho mais de quarenta anos e sou solteira, como você imaginou. Acho que qualquer pessoa que tenha me conhecido imaginou a mesma coisa, e não me surpreende, mesmo sem nos conhecermos pessoalmente, que você também tenha suposto isso. Acho que é a impressão que passo. Mas ultimamente tenho me esforçado para reverter isso, só um pouco, e, por consequência, uma pequena parte de mim, uma parte até hoje desconhecida, pensou na possibilidade de viajar a Paris para comer. Na companhia de um amigo, um amigo muito recente.

Querida Eve,

Esse negócio de geleia não é para fracos (a categoria na qual me incluo). Comprei um livro chamado Receitas para chá da tarde *(Hodder, Londres, 1965) num pequeno sebo perto de casa. Ele e uma cafeteria, que também frequento com regularidade, estão entre os poucos lugares por aqui onde resta um pouco de areia. Moro perto do mar, mas agora a cidade está toda moderna, reluzente e nada nunca enferruja. O sebo é bom, é de um velho camarada mais velho. Gostaria de dizer que ele precisou soprar a poeira da capa do exemplar que adquiri, mas isso não aconteceu. Não precisou nem daquelas escadas instáveis para alcançá-lo. Estava bem do lado do caixa, mas parece ser um bom livro. O ano de 1965 foi o do* Homem com a arma de ouro, *e acho que devo minha carreira àquele livro, então pode ser um bom sinal. De qualquer forma, agora estou procurando potes de um quarto de litro. A fruta pesa pouco mais de cinco libras, então acho que vou usar uns quinze. Vocês ainda dizem "libras" ou já mudaram para o sistema métrico no seu cantinho de produção de geleias?*

Jack

O país passou para o sistema métrico, mas continuo dizendo "libras". Como já disse, tenho mais de quarenta anos — quarenta e seis, na verdade. Um ano além daquele ponto médio crucial, a colina abaixo. O "um ano" que faz toda a diferença. Assim como os dois por cento de variações genéticas fazem a diferença entre pessoas e macacos.

Compre potes de tamanhos diferentes. Você vai precisar ter uns menores para o excedente. E não adianta esterilizar no micro-ondas, não é suficiente.

O que você pode me dizer sobre atum?

Eve

Pão fresco. Cebola roxa. Cerveja.

Jack.

Acho que minha filha não gostaria de servir cerveja no jantar de casamento. Ela é muito chique e implicante.

Lima. Wasabi. Rosé.

Uma filha. Um casamento. A sua vida tem uma completude que não existe na minha. Invejo você.

Eve achou ridículo que Jackson Cooper sentisse inveja dela.

* * *

Izzy manteve contato com o pai depois daquele almoço, iniciado por uma ligação dele no dia seguinte. Mas não mencionou nada à mãe. Não tinha muita certeza da razão por trás disso. Até mesmo com Ollie ela havia discutido a questão sem se estender. Izzy sentiu uma culpa estranha, mas também certa felicidade. Era desconcertante. De um lado, seu vínculo com o pai estava aumentando; do outro, com aquele turbilhão de sensações novas, ela também começava a rever sua infância com mais crueza. Uma sensação de perda pelo que nunca teve. Na verdade, Izzy nunca tinha sido de fato criança. Nunca pensou em si mesma como uma criança. A avó, que foi de longe sua maior influência durante a juventude, sempre a tratou como adulta, algo que ela sempre quis ser. Mas tinha começado a sentir, de vez em quando, vontade de ser uma garotinha, de ficar no colo de alguém e ser reconfortada.

Tudo tinha mudado muito depressa. Lá estava seu pai, agindo como tal, e lá estava sua mãe, agindo como... Izzy não conseguia entender exatamente como a mãe estava agindo, mas com certeza não estava agindo como Eve.

— Não entendo qual é o problema — disse Ollie. Eles estavam comendo tapas num bar barulhento perto do escritório de Izzy.

— Ela mudou.

— De um jeito bom? Ou ruim?

— Só mudou.

— Seja específica.

— Ontem à noite, quando liguei para falar sobre o fim de semana, percebi que ela estava ouvindo música.

— É, isso é bem suspeito.

— Não seja piadista, Ollie. Você sabe o que quero dizer. — Pegou um pedaço de linguiça apimentada do prato, mas trocou por uma garfada de lula. — Era jazz — emendou. Mastigou a lula e fez uma careta.

Ollie viu uma expressão mais amena. Ultimamente vinha notando que Izzy andava mais calma. Sorriu. Em seguida disse:

— Talvez ela apenas esteja feliz.

Izzy fez outra careta.

— Eu vi o papai, mãe.

— Papai? — repetiu Eve. A palavra era tão inesperada que ela demorou um pouco para entender.

— Meu pai — explicou Izzy, com a voz tranquila.

— Viu? — Eve sentiu um aperto na parte superior do peito, mas se concentrou nas batidas do relógio grande da cozinha, do jeito que a terapeuta, com quem ela já havia feito duas sessões, sugeriu que fizesse. Eve se esforçou para focar no som das batidas. Sabia que não podia se entregar a um aperto na respiração. Tique-Taque. Para dentro. Para fora.

— Almoçamos juntos — disse Izzy, numa admissão parcial. — Foi, sei lá... esclarecedor. Em alguns aspectos, pelo menos. Em outros, bastante perturbador.

— Sim — disse Eve, tentando não se deixar abalar. — Bem, suponho que seja natural querer reencontrar seu pai. Um casamento é uma mudança grande na vida, e... sim, eu consigo entender. — Ela estava tentando entender o ponto de vista da filha.

— Deve ter sido difícil para você. Quando ele foi embora.

Eve suspirou e fechou os olhos por um instante.

— Foi. Sim, foi difícil. Muito difícil. Para você também.

Izzy pareceu surpresa.

— Ele nunca foi... — Eve queria escolher bem as palavras e explorar com cuidado esse terreno novo e delicado. Continuou, como se pisasse em ovos. — Ele nunca foi daqueles pais que ajudam com o bebê, esses pais modernos que trocam fraldas e coisas do tipo. Acho que uma vez ele lhe deu um banho.

O comentário fez ambas sorrirem um pouco, em meio à tensão. Um pequeno alívio.

— Mas, quando ele chegava em casa, você sempre ia correndo até ele. Corria com os braços gordinhos esticados, querendo ser carregada. A primeira palavra que você falou foi "papai".

Izzy se deu conta, mais uma vez, da fragilidade de muitas das suas convicções. Lá estava outra ponta desfiada.

— Eu nunca tive braços gordinhos — ela protestou.

Eve deu risada. Ela queria perguntar como Simon estava. Não queria perguntar como ele estava. Não tinha ideia do que dizer.

— Ele falou de você com muito carinho — continuou Izzy.

Eve ficou ainda mais confusa. Izzy tinha vindo sem Ollie. Estava planejando encontrar sua velha amiga Amy no dia seguinte, que seria sua dama de honra. Ambas estavam na cozinha, duas mulheres que pareciam se conhecer ainda menos do que o habitual.

— Eu tenho um armanhaque. O que você acha? — perguntou Eve.

— Ah, sim, por favor — respondeu Izzy, a voz voltando ao normal. — E um pouco daquelas amêndoas carameladas.

Mas a ordem estava longe de ser restaurada.

— Oi — disse Adrienne. Era um dia atipicamente frio para setembro, e ela estava vestida para o outono. As roupas a faziam parecer mais velha. — Espero não ter chegado cedo demais Você costuma trabalhar no começo da manhã, não é? — Já era quase meio-dia.

— Geralmente — respondeu Jack.

— Eu vim direto, assim que terminei no estúdio.

— Que bom — disse Jack. Abriu um armário no corredor de entrada, tirou um chapéu da prateleira e vestiu um casaco leve.

Ela olhou para o chapéu e sorriu.

Jack também sorriu, tocando na aba desgastada do panamá com carinho.

— Uma espécie de velho amigo — explicou.

— Bem, amigo de Jackson Cooper é amigo meu.

Jack gostou de como seu nome soava na voz dela. Estava feliz por ter telefonado. Feliz por ela ter sugerido vir de novo. E por ter assumido uma atitude informal, sem pressa:

— Que tal eu passar aí quando terminar, na hora do almoço?

— Sim — ele respondeu. — Seria ótimo.

Os dois caminharam por um tempo sem conversar, até ele perguntar:
— Como está o lance da fotografia?

— Muito bom. O retrato de hoje foi para a *Vanity Fair*.

Jack parou de andar, fazendo com que ela também parasse para olhar para ele.

— Isso é coisa de gente grande, garota.

— Eu sou gente grande, garoto.

— É mesmo?

— Tenho trinta e cinco anos. Divorciada. Sou boa com dinheiro. Tenho um apartamento próprio. E sei dizer sete coisas em suaíli.

Jack riu.

— Acredito em tudo, menos na parte dos trinta e cinco anos.

— Você está enganado, essa é a parte que é verdade.

Ele riu de novo.

— Estou realmente surpreso... Trinta e cinco. Achava que você tinha vinte e tantos.

— Bem, então acho que ser um escritor não muda nada. Os homens nunca acertam a idade das mulheres.

Jack parou por um instante, pensando.

— No verão passado, fui a uma festa em Moby Harbor e passei a noite inteira tentando impressionar uma garota que acabou se revelando uma adolescente — começou a dizer. — Minha esposa me desprezou por causa daquilo, e eu mesmo fiquei estarrecido comigo. Duas reações que parecem ter se tornado permanentes.

Já estavam quase chegando no Hatty's. Não tinham combinado isso, mas lá estavam eles.

— É com a linha entre a autocomiseração e a autopiedade que você precisa ficar atento — ela afirmou.

Jack assentiu. Era mesmo.

— Ei, é a garota bonita — cumprimentou Hatty.

— Esta é Adrienne, Hatty.

— Garota bonita, nome bonito. Está com tudo em cima! — A risada de Hatty ressoou como pedras balançando dentro de um barril.

Jack e Adrienne também riram.

— Trinta e cinco é uma boa idade — disse Jack, quando eles se sentaram. — Mas trinta e oito é melhor ainda. Você ainda é jovem, porém começa a ter uma boa visão de si mesmo, se viveu um pouco. O problema é que os trinta e oito passam.

— Eu não penso em idade, só no que estou fazendo. Trabalho, principalmente. Penso muito no meu trabalho.

— Isso é bom — disse Jack. — Trabalho é a força vital. Mas não engula essa baboseira sobre seguir seus sonhos, não desperdice tempo se questionando sobre como você se sente em relação a tudo. Trabalhe apenas. Você não vai acertar a Lua com um arco e flecha. — Soou meio pedante, até para ele mesmo. — Desculpe. Acabei de fazer quarenta e nove e de repente estou ficando meio filosófico.

— Quarenta e nove? Achava que você tinha vinte e tantos — zombou Adrienne.

Jack riu.

— Acho que é só... sei lá, a proximidade dos cinquenta. Chegou a hora de fazer um balanço. E o meu inventário está fraco.

— Seis best-sellers e uma peça teatral. Não me parece tão mal.

— Acho que estou pensando mais do ponto de vista de dois divórcios e um bloqueio de escritor.

— Bloqueio de escritor. Isso existe?

— Não. É baboseira.

Hatty trouxe a comida, mas Adrienne continuou olhando para ele. Baixou os olhos para pegar uma alcaparra e perguntou:

— É mesmo? — querendo uma explicação, interessada.

— É um termo útil, mas o bloqueio não é na verdade psicológico. Não para mim, em todo caso. Acontece mais ou menos aqui — indicou o cotovelo esquerdo com o garfo, depois deu um tapinha na testa. — A ideia que começa aqui não consegue passar do meu cotovelo do jeito que quero. Não é que eu não consiga escrever. Começo a querer expor meus grandes pensamentos e fazer com que pareçam tão eruditos e eloquentes no papel quanto soam na minha cabeça. Isso acontece de vez em quando, sempre que quero escrever algo que não precise de edição. Por isso que, pelo menos no meu caso, é baboseira. Tudo precisa de edição.

— Tudo.

— Tudo: biografias, armários, cadernetas de endereços, amizades, ficção, a vida.

Adrienne sorriu, e eles comeram por um tempo em silêncio, até ela pousar o garfo no prato com determinação, embora a refeição ainda estivesse pela metade.

— Como você sabe da peça? — ele perguntou.

— Eu assisti. Muito tempo atrás, num pequeno teatro em Newbridge. Gostei. Gostei muito, aliás.

— Ah. Imagina só. — Houve um momento de silêncio. Jack queria mudar de assunto. — Estou achando que não vou conseguir convencer você a dividir uma torta, não é?

Ela não entrou na casa de Jack. Despediram-se ao lado do carro de novo. Adrienne não olhou para ele daquele jeito ansioso, como algumas mulheres faziam ao se despedir. Essa mulher tinha autoconfiança. Calma e autoconfiança. Ao dar o beijo de despedida, Jack também se sentiu assim.

Querida Eve,

Esta é uma carta difícil de escrever. E acho que, possivelmente, seja difícil para você ler. Há tantas coisas que eu gostaria de dizer, mas não sei se vou encontrar as palavras. Espero que talvez você as encontre, escondidas nas minhas.

Estou escrevendo para dizer que sinto muito. Aí está. Não foi tão difícil. E mesmo assim levou mais de vinte anos. Eu nunca disse isso. Não para você. Estou dizendo agora. Sei que me comportei muito mal no final do nosso casamento e me sinto chocado agora, pensando em como você era jovem. Mais jovem que Izzy, e, para mim, apesar de toda a competência e autoconfiança, ela parece pouco mais que uma criança.

Não foi de maneira leviana que cheguei a esse reconhecimento, como você pode imaginar. Você sempre foi inteligente e, deduzo, muito mais ciente da maioria das coisas do que se supunha. Também me lembro de você como uma pessoa boa. Bondade irrestrita, própria de sua essência. Vou fazer o melhor que posso para seguir seu exemplo daqui em diante. Agora estou com cinquenta anos. Velho demais para ser tolo e ainda novo para não aproveitar ao máximo os anos que me restam e a minha família. Espero que Izzy se torne parte dessa família agora, e, para que isso aconteça, acho que nós dois precisamos ao menos estabelecer um relacionamento civilizado, de preferência amistoso. Espero que consiga encontrar em seu coração uma forma de levar isso em consideração.

Com carinho,

Simon

Mãe,

Aqui estão as amostras dos convites. Acho que estão muito boas. Você gostaria de ficar e dormir no hotel? Ollie e eu pensamos em ficar. Me avise, assim reservo seu quarto quando for reservar o nosso.

Izzy

Querida Eve,

As mulheres gostam quando os homens cozinham para elas? Sempre desconfiei que elas preferem mesmo se vestir bem e comer num restaurante chique. Você parece ser um dos exemplos mais inteligentes do gênero, e pensei que talvez pudesse me dizer a verdade.

Jack

Querida Marnie,

Estou escrevendo porque conversar nunca foi nosso ponto forte. Não sei qual era, mas, fosse qual fosse, já foi perdido. Descobri durante nossa breve separação que sou menos feliz e mais otimista do que pensava. Ou, ao menos, agora estou mais ciente desses dois estados do que durante o nosso casamento. Viver com você foi uma experiência no aqui e agora, e acho que é o tipo de experiência que você prefere, Marnie, e talvez por um tempo tenha sido bom para mim, mas aquele tempo passou. Eu me sinto mais calmo a respeito disso do que esperava, mas também pesaroso e culpado. Imagino que, do seu ponto de vista, às vezes viver comigo deve ter sido intolerável. Por vezes sou difícil, a ponto de ser impossível, e ouso dizer que essa não é uma das coisas que penso em mudar a meu respeito. Com base nisso, sugiro que tornemos a nossa separação perma-

nente. Detesto a ideia de envolver advogados, mas, se for necessário, que seja.

Com carinho,

Jack

Linda Mulher Loira,

Venha no sábado. Vou cozinhar.

O Homem com o Chapéu

Capítulo Seis

Simon Petworth assinou o bilhete para Laura com suas iniciais acompanhadas pelo desenho de um coração, como sempre fazia. Em seguida, cobriu-a com um cobertor macio e deixou o bilhete no lugar em que ela veria ao acordar. Levando um dedo aos lábios, silenciou os filhos. Eles tinham oito e dez anos e normalmente não seriam tão fáceis de silenciar, mas a doença da mãe tinha criado um clima pesado na casa. Foi fácil convencê-los a deixar o cômodo onde ela tirava uma soneca no sofá.

Ed, o mais velho, que era mais calmo e sensível que o irmão, olhou para o pai. — Ela está bem? — perguntou.

— Sim, está bem, só um pouco cansada.

Simon pôs a mão na nuca quente e esguia do garoto e olhou para a esposa adormecida, sentindo o imenso amor que tinha por ela. E, por um instante, o medo de que todos poderiam tê-la perdido. Ela tinha sobrevivido. A operação tinha ido muito bem, e os médicos garantiram que havia boas razões para se manter otimista. A própria Laura estava otimista. Mas Simon ainda estava alerta. Nunca mais deixaria de dar o devido valor à sua família.

* * *

— Você está prestando atenção, mãe?

— É claro que estou — respondeu Eve, ciente da mentira. As ligações de Izzy tinham se tornado constantes, sempre sobre o casamento, sempre tratando de minuciosos detalhes pelos quais Eve não conseguia evocar o interesse exigido.

— É que você parece tão distante — disse Izzy.

Eve se concentrou.

— Desculpe, não é minha intenção. Eu só estava... o Ollie cozinha?

— Ollie? Você deve estar brincando. Não. Ele faz um espaguete à bolonhesa até razoável, mas eu o proibi porque a cozinha acaba parecendo a cena de um massacre. Ele cozinha como homem. Sabe, ketchup pra todo lado, usando todas as panelas que encontra.

Eve duvidava que houvesse muitas panelas no apartamento de Izzy e ficou meio chocada ao perceber como sabia pouco sobre o jeito como os homens cozinham. Tantas coisas que ela considerava "masculinas" tinham sido assimiladas em romances, na televisão ou no cinema. Lembrou quando Tim Spence cozinhou para ela. Muito asseado, inseguro e constrangido. Todos os aspectos de seu relacionamento com Tim Spence, um solteiro do clube de bridge, foram inseguros e constrangedores, uma circunstância exacerbada pelos comentários lascivos de sua mãe sempre que Eve voltava para casa depois de sair com ele, nas dez ou doze ocasiões em que o viu. O caso durou pouco e foi sufocante desde o início, terminando de maneira tão inepta quanto havia começado, num silêncio frustrante, comendo biscoitos secos em um salão de chá decorado com exagero perto do rio. Desde então Eve tinha se desviado do caminho mais de uma vez para evitar o pobre Tim. Pobre Tim. De repente, ela percebeu que muita gente devia pensar isso sobre ela. Pobre Eve.

— Mãe, mamãe?

— Sim, desculpe.

— Você recebeu as provas dos convites?

— Sim, sim, recebi.

— E as amostras dos cardápios? — O tom de Izzy ia ficando mais afiado. Temia que a mãe escorregasse para aquele estado de leve distração ao qual tendia. Izzy ficava muito irritada com isso.

— Sim — respondeu Eve com firmeza, torcendo para terminar a conversa.

— Ótimo. Muito bem. Então a gente se vê no sábado que vem.

— Sim, no sábado.

Eve falou sobre a carta de Simon com a terapeuta. A princípio, não pretendia fazê-lo. Sua terapia não focava o passado. No começo, isso deixou Eve satisfeita, aliviada por não ter de reviver a solidão sufocante de sua infância. Mas chegou a se questionar, brevemente, se não era isso que precisava fazer. Chegou até a imaginar se de outra forma não seria uma perda de tempo.

Beth, a terapeuta, à primeira vista não pareceu personificar as características que Eve estava buscando — ela esperava alguém elegante e direta, que prometesse uma solução prescritiva e lógica. Mas, quando bateu na porta do consultório e Beth a convidou para entrar, Eve foi recebida por uma mulher vestida sem muito cuidado e com uma aparência meio afobada, cujo cardigã bem usado, outrora azul-escuro, caía tristemente de seus ombros. Mas, quando seus olhares se encontraram, a mulher pareceu atenta e inteligente. E desde então Beth a fez sentir algo que sempre foi raro: que alguém tinha um interesse legítimo por ela.

Eve percebeu que estava começando a antecipar as sessões, em vez de temê-las. E as técnicas que Beth ensinou para lidar com suas ansiedades, as quais a terapeuta parecia aceitar, de maneira reconfortante, como sendo válidas, mas ao mesmo tempo não tão graves, eram realmente eficientes. Eve tinha entrado numa pequena butique que vendia roupas femininas. Até então ela só conseguira observar a vitrine, admirando os manequins. Sempre sentiu que, numa loja daquelas — pequena e exclusiva —, uma mulher teria de saber o que queria, ser confiante em suas escolhas. Ser o tipo de mulher que Eve não era. Mas alguns dias antes, quase sem pensar, ela entrou. E ainda fez uma compra, um belo vestido de linho cinza-claro com acabamento branco no pescoço e nos bolsos. Saiu de lá com a peça numa sacola rosa e preta que anunciava sua origem, sentindo-se quase eufórica.

Porém a carta de Simon a abalou. Ao ler o que ele escreveu, Eve não sentiu os sintomas que começava a saber reconhecer, que precediam os ataques, mas uma sensação desconsolada de perda: de amor, de um passado que poderia ter tido e também, recentemente, a perda potencial de Izzy. A casa, a família e a esposa de Simon — tudo isso seria mais interessante que qualquer coisa que ela, Eve, tinha a oferecer. Izzy e Ollie iriam querer passar os Natais lá, os almoços de domingo. Eve imaginou refeições alegres numa sala de jantar encantadora. Muita gente, risos e conversas animadas. Mas não ela. Não Eve.

Simon pedia por seu perdão e consentimento, mas não a queria. Ninguém *nunca* a quis. Tentou aquietar a voz de autopiedade, mas precisou de muito esforço, e foi por isso que, quando Beth perguntou, com a maior das boas intenções, como estavam as coisas, Eve começou a chorar. Não do jeito que tinha chorado naquela noite com Gwen, não de forma incontrolável, mas um pranto mais espaçado e cordato. Um lamento.

Eve respondeu que achava que as mulheres gostavam que os homens cozinhassem para elas. Mas que o jeito de usar as panelas era um problema. Jack riu. Ele também tinha recebido notícias de Dex naquele dia, um bilhete no verso de um cartão do estúdio:

Pensando em você. Especificamente, naquilo que você faz com as nozes. Se um dia você descobrir como fazer isso com uma mulher, me conte.

— Tudo bem, chefe? — perguntou Rick, enquanto tirava suco de laranja, jornais e café das sacolas para guardar na cozinha.

— Tudo bem — respondeu Jack, ainda sorrindo. E assim permaneceu, folheando um livro de receitas vegetarianas comprado na véspera, pensando no convite feito a Adrienne e tomando o café que Rick tinha preparado. — Tudo bem — repetiu.

— Quero deixar claro que substituí o frango por vegetais — ele explicou para Adrienne mais tarde. — Fiquei tentado, vou admitir. Mas segui seus princípios. De qualquer forma, não acho que tenha prejudicado muito o sabor.

— Não — ela concordou. Pegou outra porção e comeu antes de dizer: — Passei a faculdade inteira querendo ser escritora.

Jack baixou o garfo. Bem quando as coisas estavam indo bem, pensou. Esperou pela descrição das histórias que tinha lido quando garota, dos artigos publicados na revista da escola, de suas ideias para um livro, do manuscrito que terminaria assim que tivesse tempo.

— Mas aí tentei e percebi que não tinha nenhum talento para a profissão — ela continuou. — A parte da ideia até que era fácil, mas a execução é infernal. Desde então, passei a ter uma admiração imensa por escritores.

Jack a tinha julgado mal de novo. Precisava parar de fazer aquilo. Adrienne era maravilhosa. Jack se levantou, deu a volta na mesa e a ergueu da cadeira pelos ombros, beijando seu pescoço, depois os lábios macios e sem batom.

— Vamos fazer deste *autor* aqui alguém especial para você.

* * *

Se fosse possível fazer amor com uma cachoeira, essa seria a sensação com Adrienne. Pura, resplandecente e rápida, mas firme. Como algo que não se pode parar ou conter; algo fluido. Ao contrário de Lisa, pensou Jack, deitado ao lado de Adrienne, que dormia um sono leve e silencioso a seu lado, como imaginou que seria. Como teria sido com Lisa? Algo mais meloso? Fechou os olhos, tentando tirar aquela imagem da cabeça. Jack era capaz de se prender em metáforas desse tipo por horas. Elas o ajudaram a superar vários jantares tediosos e a escrever nas manhãs em que as palavras saíam pesadas e rígidas. Mas, ultimamente, até esse truque tinha deixado de funcionar.

Afastou aquele pensamento e se levantou, em silêncio, agradecendo a Deus por Adrienne ser tão diferente de Lisa. Foi ao banheiro, tomou um pouco de água e agradeceu a Deus de novo, em voz alta, só para selar o acordo. Em seguida, voltou para o quarto e observou Adrienne dormindo. Ela parecia uma daquelas estátuas em algumas fontes europeias, com a pele tão clara e sedosa.

— Oi — ela disse, ao acordar de manhã, sorrindo e se afastando do abraço de Jack.

— Oi.

— Está dando um tempo no trabalho?

— Talvez continue hoje à noite. Mas não agora.

— Você escreve de tarde também?

— Sim. Não costumava. Eu seguia um padrão, acho que mantive por superstição. Acordar, tomar um café, trabalhar por duas horas, mais café, outra hora e aí almoço. Mas, ultimamente... — Deu de ombros.

Adrienne o observava com atenção. Esse aparente fascínio pelo seu trabalho era algo novo para Jack. Paula sempre o apoiou, ainda que com algum ceticismo, e Marnie, bem, vai saber o que se passava pela cabeça dela.

Adrienne se vestiu, e os dois saíram para andar pela praia. Havia outras pessoas, gente com cachorros, casais e famílias levando os filhos nos ombros. Estava uma manhã linda, o céu alto e claro. A seu lado Adrienne andava com passos longos, num ritmo de atleta. Apesar de terem passado a noite juntos, de alguma forma ela ainda parecia intocada. Havia algo nela que evocava uma sensação de distância. Jack passou o braço pelos ombros dela quando pisaram na areia úmida à beira do mar. Ela não disse nada, e aquilo combinava bem com o estado de espírito de Jack. Era fácil estar com ela, Adrienne não parecia exigir nada. Seu rosto em repouso era calmo, sério.

— Você imagina fotos? — ele perguntou, depois de um tempo.

— Fotos? Sim, acho que sim — ela respondeu. — Não tanto dos cenários, por mais lindo que seja. É para as pessoas que eu olho quando penso em fotos. — Virou-se e ficou observando o rosto dele com um ar profissional.

Jack deu risada.

— Sou um pouco avesso a fotos — avisou. — A não ser em circunstâncias especiais — puxou Adrienne para mais perto com o braço.

Quando voltaram para a casa, ele serviu algumas fatias de pão fresco e colocou um pouco de manteiga num prato, com duas pequenas tigelas ao lado.

— Geleia — anunciou. — Você é a minha primeira cliente.

— Foi você quem fez? — ela perguntou, fingindo incredulidade.

— Com essas mãos.

— Estou impressionada.

— É. Eu também.

Os dois riram.

— Você cozinha mesmo, não é?

— Não entendi a pergunta.

— Bem, é que eu conheço muita gente que faz as coisas pela metade. Dizem que são jardineiros, pintores, poetas ou algo assim, mas não realizam nenhuma dessas atividades pra valer. Só... fazem de conta.

— Bom, eu faço isso com casamento e religião, mas cozinhar é algo que levo a sério.

Adrienne sorriu.

— E escrever?

— Aaah, escrever... — Ela o encarava com a mesma intensidade.

— Eu achava que levava muito a sério — ele respondeu.

— E agora?

Jack abriu a geladeira e pegou uns ovos.

— Não sei — virou-se para ela com um ovo em cada mão. — Acho que talvez tenha chegado ao fim da linha. Eu tinha uma rotina que funcionou por um tempo, mas não está dando tão certo agora. Não sei se é o trabalho, se sou eu, ou o quê. — Ergueu um ovo na direção de Adrienne, verificando se ela queria que ele preparasse, ao que ela meneou a cabeça. — Quero que algo mude, mas não sei muito bem o quê.

Adrienne olhou para ele, cautelosa.

— Você está dizendo que não sabe se quer escrever de outro jeito, ou que não sabe se quer escrever?

Jack sorriu e guardou os ovos. Pegou uma maçã da tigela a seu lado e a jogou para Adrienne, que pegou a fruta no ar com uma facilidade impressionante. Ela colocou a maçã na mesa e continuou olhando para Jack.

— Não sei o que eu quero — ele disse, dando de ombros. — Sou uma obra em andamento, querida.

— O que isso quer dizer? — ela perguntou, sem deixar a conversa terminar, pegando um pedaço de pão do tamanho de uma moeda e passando manteiga bem devagar.

— Quer dizer que sou um risco — respondeu Jack. Essa não era uma conversa que ele queria continuar. — Sou um risco e um babaca egocêntrico. Muitas mulheres boas já me disseram isso, então meu conselho é: não dê nenhuma desculpa para falar de mim mesmo, porque, quando começo, nem sempre sei quando parar.

Foi até Adrienne e a beijou na testa, para sinalizar o fim do assunto. Mas ela pôs o pedaço de pão na boca, também recoberto com um pouco de geleia escura, e continuou o encarando como se continuasse a pensar no assunto.

Jack esperou, como uma criança, por um elogio em relação à geleia. Mas não recebeu.

Izzy estava alegre e animada:

— Olha só isto, mãe. — Era uma foto de pequenas porções de peixe com batatas fritas, servidas em recipientes individuais feitos de jornal. — Não é fantástico?

Eve examinou a foto e achou mesmo a ideia muito boa. Nas beiras das embalagens havia pequenas cunhas de limão e cones de papel parafinado cheios de sal.

— Minha preocupação é prepararem isso muito cedo. Esse prato precisa ser servido logo, para não murchar — ela respondeu, baixando os óculos de leitura.

— Ah, sim, eu sei, mas vai ser no Connor. Eles estão acostumados a grandes festas, então acho que não seria um problema.

As duas estavam preparando a festa de noivado de Izzy, que, ao menos por hora, tinha tomado o lugar das conversas sobre o casamento. Na verdade, para Eve, a ideia de uma festa de noivado parecia ter surgido do nada e adquirido uma importância imensa, como um tornado. Seria no Connor, o imponente hotel onde Izzy tinha encontrado o pai para almoçar, embora ela nunca tivesse mencionado esse detalhe a Eve. Como se o fato de estar organizando uma festa para oitenta pessoas no hotel mais majestoso de Londres não chamasse a atenção. Ou, pensou Eve, como se não houvesse por que dar satisfações à mãe. Talvez não houvesse.

Mas essas discussões, principalmente sobre o que servir no casamento e na festa de noivado, abriram caminho para que Eve conversasse com Izzy com mais liberdade do que jamais fora capaz de fazer. Era um contexto em que a filha demonstrava respeito por ela. Izzy parecia feliz em contar com suas opiniões e a consultava com frequência. Algo estava acontecendo entre as duas, uma mudança lenta, quase homeopática. Eve sentiu que talvez a terapia a estivesse ajudando com Izzy, mas também havia mais uma circunstância, algo que partia da própria filha. Talvez o casamento, Ollie e, embora ela nunca fosse admitir, a morte da avó a tivessem mudado.

Eve largou os óculos em cima de uma das revistas que passaram a encher a casa — *Noivas*, *Casamento* — e passou as mãos no cabelo. Ainda não estava acostumada com o novo comprimento.

— Faz você parecer vários anos mais jovem — disse a cabeleireira do pequeno salão bem iluminado de Sudbury.

Mas Izzy tinha notado o novo corte de cabelo com olhos suspeitos, até mesmo infelizes. Essa última alteração em sua mãe parecia tê-la atingido como uma espécie de golpe. Eve estava prestes a introduzir outro elemento anômalo, ainda mais tumultuoso.

— Recebi uma carta do seu pai — disse.

Izzy esperou um pouco antes de tirar os olhos da revista.

— Recebeu?

Sua reação lembrou a Eve uma vez em que Izzy, com cerca de oito anos, tinha roubado trufas da despensa e engolido tudo com pressa, escondida atrás da porta. Saiu com a boca e o queixo manchados de chocolate, mas, quando perguntaram se tinha comido os doces, ela disse que não, balançando a cabeça enfaticamente, com a mesma expressão que ostentava agora: de culpa. Eve se sentiu mal. Por que uma garota deveria se sentir culpada por se encontrar com o pai? Por ter vontade de vê-lo. Ela não tinha roubado nada, apenas se apropriado do que era seu por direito.

— Ele disse que gostaria de passar um pouco de tempo com você, e estive pensando no que você acharia disso — disse Eve, com delicadeza.

Izzy baixou a revista e passou as mãos pelos olhos. Era um gesto simples, mas revelava uma exaustão mais profunda. Em Izzy era algo um tanto chocante de se ver. Ela nunca demonstrava nada além de controle absoluto. Pelo menos até então.

— Tudo bem com você, querida? — perguntou Eve, sentindo uma onda de imensa ternura. Lutou contra certa aflição, a mesma que sentira quando tivera um colapso na noite com Gwen. Uma aflição nascida de carregar sentimentos demais por longo tempo, sem dividir nada. Muitas coisas pesadas, esmagadoramente pesadas. E como tinha sido egoísta por não perceber que talvez Izzy tivesse seu próprio fardo. Ela parecia sempre tão brusca.

Izzy começou a chorar.

Eve levantou e foi até a filha. Percebendo o presente lhe dado por Gwen, ela deixou Izzy chorar enquanto esperava a seu lado.

Recuperando-se com rapidez, Izzy pareceu envergonhada pelo desabafo. Tateou os bolsos do cardigã comprido atrás de um lenço — a peça era oliva e ressaltava seus olhos. Em seguida, levantou-se sem dizer uma palavra e foi para a cozinha. Eve ouviu quando abriu a torneira.

Ao retornar para a sala, Izzy parou e encostou o corpo alto e esguio no vão da porta, tomando um gole de água antes de deixar o copo no topo do armário ao lado da porta da despensa, onde Eve guardava seus vasos. Assoou o nariz num guardanapo de papel e retomou a mesma posição no vão da porta.

— Imagino que você esteja brava — ela disse, defensiva.

Eve ficou chocada.

— Por que você imaginaria que ficasse brava? — perguntou.

— Por eu estar vendo tanto Simon... o papai.

Papai, como aquilo ainda soava incongruente, pensou Eve. Embora "pai" também tivesse sido inadequado, muito íntimo, sugerindo um relacionamento bem estabelecido de longa data, do tipo que progride de abraços no colo a beijos brincalhões na bochecha, até chegar nas respostas grossas e nas zombarias. Um relacionamento no qual peças escolares e recitais de dança já pavimentaram o caminho para a maior performance de todas: o casamento. Izzy tinha perdido muita coisa. Simon também. Eve também tinha perdido todas aquelas coisas. Foi com Virginia que Izzy as compartilhou. Uma vez, recordou com tristeza, um pai no primeiro dia de escola achou que Eve, seguindo atrás de Virginia, era a babá. Ela e Simon tinham fracassado como pais.

Ambas ficaram em silêncio por um instante, até Eve dizer:

— Izzy, você quer passar mais tempo com seu pai?

Izzy afundou no vão da porta até sentar no pequeno desnível que separava a cozinha da sala. Abraçou as pernas, apoiando o queixo nos joelhos.

— Eu sonhava que ele vinha me buscar — ela disse, muito baixinho. — Achava que ele viria e seria bonito e gentil. — Izzy fez uma pausa para assoar o nariz de novo. — E, bem, agora ele veio... e foi assim mesmo. — Levantou a cabeça para encarar a mãe.

— Assim mesmo? — indagou Eve.

— É, sim. Foi exatamente como eu tinha imaginado, mas, em vez de me sentir feliz, ele me deixou tão... triste. Triste e confusa. Não consigo explicar. Mudou tudo. Mudou quem eu pensava que era. Porque não é só ele. Se fosse só ele, seria uma coisa, mas não é. Ele tem uma família — concluiu, quase sem fôlego. Depois, parecendo arrependida, disse: — Desculpe. Acho que isso deve incomodá-la tanto quanto a mim. — Disse isso com a rigidez voltando à voz, disfarçando um pouco o raro acaso de compreensão e simpatia em relação aos sentimentos da mãe.

Eve pensou por um tempo, antes de dizer:

— Na verdade, não me incomoda. Pelo menos não tanto quanto achei que seria. Ou que teria incomodado no passado. Também estou um pouco confusa a respeito.

— A esposa dele está com câncer — disse Izzy. — Câncer de mama.

— Entendo.

— Mas agora ela está bem. Ou pelo menos eles acham que vai ficar.

— Deve ter sido difícil para eles.

— Acho que ele ama mesmo a mulher e os filhos. Ama de verdade. Quando ele me falou do câncer, tinha lágrimas nos olhos. Lágrimas mesmo. Achei que fosse chorar, aí ele me mostrou fotos da família toda, os filhos mais novos e o garoto do segundo casamento. Estão todos juntos em alguma praia... num maldito feriado. Por que ele nunca quis passar um feriado *comigo*? Por que ele não me ama? — Izzy gritou as últimas duas palavras, o rosto voltado para o teto, transtornado pela dor.

Eve sentiu aquele grito na boca do estômago. Em alguma zona visceral, até então negada ou desconhecida. A parte maternal. A parte instintiva de amor maternal, que não tinha sido ativada, acionada ou o que quer deveria ter acontecido quando Izzy nasceu, e que Eve desde então tinha evitado, mantendo-se distante. Ela se levantou e abraçou a filha, sentindo suas lágrimas umedecerem o algodão da blusa que vestia.

— Ah, minha garota querida — disse. — Como nós faltamos com você.

Capítulo Sete

Jack fatiou erva-doce, ajeitou os pedaços numa tigela de cristal trabalhado e acrescentou limão, açúcar, vinagre e creme. Temperou e guardou a tigela na geladeira.

Ele tinha escrito a Eve:

> *Ando cozinhando esses dias, para uma vegetariana. É um desafio, mas talvez eu esteja à altura. Prefiro essas montanhas menores agora, esses desafios pequenos. Quando sou confrontado com uma montanha para conquistar, acabo desistindo da maldita empreitada. Talvez já tenha passado o tempo das grandes escaladas. Começo a sentir vontade de ficar por aqui, nas terras baixas, com alguns desafios pequenos que me lembrem de que ainda estou respirando. Quero descansar um pouco.*
>
> *Vocês já escolheram o menu do jantar da festa de noivado? Ou vão ficar com drinques e canapés? Não conheço Londres muito bem, mas já ouvi falar do Connor. Formidável, pensei, realmente formidável. Aposto que o pessoal naquelas cozinhas sabe fazer um belo blini.*
>
> *Jack*

Estou enviando, espero que chegue intacto, um pote da minha geleia de pimenta favorita. Sirva com bolinhos. Você vai me agradecer.

Eve examinou a geleia de pimenta e ficou maravilhada com a cor, um vermelho âmbar perfeitamente translúcido quando ela ergueu o pote contra a luz da janela da cozinha. Guardou a geleia e pensou de novo na vegetariana de Jack. Não sabia por que se importava com ela. Até mesmo admitir que se importava exigia certo esforço. Mas ela pensava a respeito.

Até então ela quase não havia pensado na vida amorosa de Jack, provavelmente porque não tinha uma própria, pensou, com um toque de reprovação. Mas, apesar desse vácuo, desde o começo se convenceu de que a vegetariana representava isto: um romance, uma nova mulher na vida de Jack. Percebeu que buscava alguma menção a um relacionamento na carta. Jackson Cooper era o tipo de pessoa, ela deduzia, que recebia convites para estreias de filmes e afins, festas que viravam manchetes de jornal. Eve não conseguia se imaginar vivendo num mundo desses, mas, por outro lado, também nunca imaginou que conheceria alguém que vivesse.

É claro, considerou Eve, que ela não conhecia Jack. Não de verdade.

Eve não sabia que, embora fosse convidado com frequência para os tipos de evento que ela imaginava, Jack raramente comparecia. Já tinha se cansado daquela vida social anos atrás, apesar de ter mantido o hábito por um bom tempo depois de a exaustão começar. Marnie adorava as festas e as pessoas. Jack não. Havia muito ele sonhava com a solidão e talvez com o tipo de mulher que erguesse os olhos de um livro de vez em quando, olhasse para ele e abrisse um sorriso.

Eve se manteve ocupada com os preparativos para a festa de noivado de Izzy e Ollie, embora não houvesse muito para fazer após o cardápio ter sido determinado: drinques e canapés, no fim das contas.

— Ela vai ter uma madrinha para cuidar dessas coisas — protestou Gwen, quando viu Eve arrumando convites dentro dos envelopes. E tinha razão. Amy estava se provando muito competente.

— Amy já está ocupada demais com essa viagem de despedida de solteira que elas vão fazer — insistiu Eve.

Gwen resmungou:

— Eu me casei usando o vestido de minha mãe, e minha tia fez o bolo. Essas moças querem tudo. E pode esperar, não só do casamento. Já querem começar a vida de casada com tudo. Com todas as coisas que nós trabalhamos a vida inteira para conquistar.

— Eu não, Gwen — disse Eve.

Mas Gwen já tinha percebido o engano:

— Eu estava só...

— Sei o que você quis dizer. Você e George trabalharam duro a vida inteira. Admiro isso. Levei muito tempo para perceber que minha vida foi repleta de mimos e nunca dei valor a isso. Passei o tempo todo pensando no que faltava e nem um instante pensando no que tinha.

— Você sempre foi muito generosa comigo e com minha família — disse Gwen. — E agora está fazendo um trabalho voluntário. Esse é um gesto muito valioso.

Eve sorriu. Ela cuidava da loja da Cruz Vermelha uma ou duas vezes por semana havia um mês. De repente, levantou-se num salto, largando a caneta.

— Ah, não... — gritou, correndo para a cozinha. — O bolo — disse, colocando uma luva de fogão listrada. Tirou a assadeira do forno. — Salvo! — anunciou, mostrando-a para Gwen, que a tinha acompanhado. — Graças aos céus. Geraldine adora esse bolo.

Os cabelos, então com um estilo mais solto, caíam no rosto de Eve. Ela afastou as mechas e riu.

Gwen achou que Eve não só parecia muito mais jovem, ela estava linda.

* * *

Jack ia servir a salada de erva-doce com sopa de feijão-branco e ravióli de abóbora. Ele gostou de ter planejado o cardápio e de cozinhar seguindo esses novos parâmetros. Mas Adrienne chegou e o presenteou com duas espigas de milho.

— Podemos comer hoje à noite — disse, deixando as duas espigas na bancada, com as cascas secas e lascadas.

Não pareceu a Jack que ela estivesse fazendo uma sugestão nem esperando uma resposta. Ele tinha pensado em milho e decidido fazer outra coisa. Até então Adrienne estava resistindo a seus pratos. Ela comia com a mesma atitude comedida que tinha para tudo. Não sem prazer, mas sem muita vontade. Resolveu cozinhar o milho.

— Você me deixou dormir de novo — ela protestou, entrando na cozinha. Seus cabelos caíam sobre os ombros, lisos e macios, como se tivessem acabado de ser escovados. Sempre davam essa impressão.

— Por que eu não deixaria? É sábado à tarde, fim de setembro. É o tipo de coisa que os preguiçosos de classe média do Primeiro Mundo podem fazer.

— Você está caçoando de mim, Jackson?

— Não, querida — ele respondeu, beijando a testa de Adrienne. — Você tem classe demais para ser caçoada.

— Você não devia ter feito tanta coisa.

A cozinha estava repleta de vapor e panelas sujas.

— Quem disse que foi para você?

Ela deu risada.

— Nós falamos muito pouco sobre você — disse Jack mais tarde, enquanto observavam o sol começar seu pouso majestoso além do horizonte. Tinham vestido casacos para comer fora da casa.

Adrienne olhou para ele, confusa.

— Estou aprendendo — ele disse.

— Sobre o que quer falar?

— Como eu disse, estou aprendendo.

Ela riu. — Você é bom de flerte, hein?

— Eu tive três irmãs mais velhas e um monte de tias, por isso já dominava essas habilidades no jardim de infância. O que eu nunca soube fazer foi conversar com as mulheres. Acho que sempre consegui o que queria sem muita conversa — e abriu um sorriso grande, em parte para mascarar o tom confidencial.

— E agora? Está conseguindo o que quer?

Jack a puxou para perto. Ela se deixou envolver num abraço leve.

— Parece que sim — ele respondeu.

Jack serviu o milho primeiro e ficou observando enquanto ela se servia de sua contribuição para a refeição com a mão, delicadamente, passando a faca com precisão por duas fileiras de grãos e deixando-os cair numa pilha em seu prato. Adrienne soltou a espiga e começou a comer os grãos um a um, com cuidado, como se os estivesse experimentando pela primeira vez.

— Fui convidada para a inauguração de uma galeria na quarta-feira. Você não gostaria de vir comigo até a cidade? — ela perguntou.

Jack tinha pegado uma espiga de milho e estava prestes a dar uma mordida. Com manteiga nos dedos. Ele queria dizer não, mas uma advertência psicológica obstruiu seu cérebro. Pare, alertou. Ele gostava dessa mulher, o que custava deixá-la contente?

— Por que não? — concordou. — Quer um pouco de manteiga? — Empurrou o prato na direção de Adrienne, mas ela recusou.

— Para ser honesta — disse —, digo que sou vegetariana, mas estou pensando em parar com todos os produtos de origem animal.

— Acho que eu não seria capaz de fazer isso — replicou Jack, devagar. Sem nenhum desafio na voz. Adrienne não gerava sentimentos desafiadores nele. — Acho que não conseguiria limitar minhas opções de comida, mesmo que eu concordasse com o conceito.

— Não estou pedindo pra você fazer isso. — Embora não contestadora, a voz dela assumiu uma leve inflexão de autoridade moral.

Jack riu. — Querida — respondeu —, você desperta o melhor em mim, de verdade. Mas carne vermelha é a minha praia.

Ficou aliviado quando Adrienne sorriu.

A inauguração da galeria estava repleta de celebridades, artistas bem relacionados e em ascensão. Adrienne levou o retrato dele que aparecia no catálogo. Do ponto de vista de Jack, essa foi a parte mais interessante da noite. Achou as obras superficiais e o pessoal pouco interessante. Mas Adrienne parecia estar gostando, por isso ele se esforçou para parecer interessado. Ela estava deslumbrante, com um vestido verde simples que ressaltava o pescoço comprido e a pele alva. Jack não ficou surpreso quando outros fotógrafos, amontoados num pequeno grupo na calçada, tiraram fotos dela enquanto entrava.

Diante da tela do computador, Eve achou que Adrienne — Adrienne Charles, segundo a legenda — parecia um salgueiro na primavera. Jack estava do mesmo jeito que era retratado nas capas de seus livros: relaxado, bronzeado, atraente e viril. Muito viril.

Ele escreveu:

> *Fui a um evento em Nova York esta semana, pessoal meio artístico. Jantamos com alguns deles depois. Todos falaram muito da comida ("fusão japonesa", que raios?). Eu seria capaz de apostar uma boa grana que nenhum deles sabe usar um batedor. Você ainda está ponderando ideias para a festa?*

Não, não estava.

No entanto, estava pensando que sua amizade com Jack era muito mais vazia do que se convencera de início. Aquela foto tinha mexido com ela, uma imagem em tempo real de Jack segurando o braço de uma mulher linda numa atitude bem evocativa. A imagem substituiu o que costumava sentir ao pensar em Jack por uma sensação muito mais conhecida, a de estar num canto escuro enquanto os outros brilhavam.

> *Não sinto nenhum grande amor pela vida urbana no momento, escreveu Jack, mas essas últimas semanas me lembraram de como se come na cidade. A possibilidade de pegar um telefone e alguém bater na sua porta, minutos depois, com um recipiente de sopa de mariscos fresquinha. Poder ter o que quiser servido a qualquer hora. É o paraíso. Bem, pelo menos para mim, mas acho que talvez você concorde com algumas das minhas noções de paraíso. Na minha mente, às vezes você tem curvas, mas às vezes é uma mulher magra. Sua culinária tem uma delicadeza que eu associo à magreza, enquanto suas descrições de pratos são dominadas pela espécie de amor que sugere uma comilona. Você é uma comilona, Eve, cu serve refeições lindas em pratos lindos para os amigos e a família? Provas do seu amor.*
>
> *J*

Eve não respondeu àquela mensagem. Cinco dias depois, recebeu outra:

> *Esqueça aquele monte de baboseiras da última carta. Não quero ser invasivo. Devo estar ficando mimado. Vou fazer cinquenta anos no que parece ser poucos meses. Acho que desejar mimos faz parte do pacote.*

As visitas de Jack à cidade foram enriquecidas pelo turismo gastronômico, mas eram um pouco frustrantes pela falta de prazer da parte de

Adrienne ao desfrutar desse passatempo. Jack levou-a ao Lucio's, onde ela largou o cardápio depois de uma folheada rápida e pediu uma salada e água mineral. O garçom, que tinha descrito os especiais da noite com seriedade religiosa, repetiu o pedido de Adrienne em voz alta, o rosto inexpressivo, e virou-se para Jack com uma expressão que parecia dizer, pelo movimento sutil da sobrancelha: "Bem, senhor, eu tentei".

Depois desse episódio, Jack começou a sair para fazer almoços extravagantes sozinho enquanto Adrienne estava no estúdio. À noite, os dois iam juntos a algum lugar mais próximo, onde ele pediria uma porção modesta, e ela falaria sobre seu dia, ou então Jack preparava algo simples na pequena cozinha do apartamento de Adrienne, imaculada e equipada de maneira ostensiva, como a maioria das cozinhas de pessoas que não preparam a própria comida.

Estabeleceu-se uma rotina. Jack a visitava duas noites por semana, ela ia à casa dele nos fins de semana. Até então, sem complicações. Um passeio nada exigente ao longo de uma grande esplanada.

Uma noite, voltando a pé para casa com mantimentos escolhidos por Jack, Adrienne disse:

— Não tenho certeza se fotografia é uma arte.

— Claro que é — respondeu Jack. Mas a expressão dela, vista de lado, estava séria. — Qualquer coisa é arte se você fizer direito — ele afirmou.

— Gosto dessa noção, Jack. Mas não sei se é verdadeira. Talvez seja só uma questão de semântica. Talvez palavras melhores sejam necessárias, definições melhores para as palavras, mas algumas criações têm alma, e outras, não. Algumas eliciam um tipo de resposta visceral. Eu não tenho isso. Minha abordagem é muito científica.

O discurso foi proferido com a fala comedida de sempre, sem alterar o ritmo das passadas uniformes com o qual Jack já estava acostumado, mas mesmo assim ele percebeu algum sentimento. Uma profundidade, ele se deu conta, que não tinha visto nela antes.

— Sei o que você quer dizer — disse. — Eu também não tenho isso.

— Tem sim.

— Não. Acho que andei buscando ultimamente, mas não consigo localizar o que se pode chamar de alma.

— Talvez, nos últimos tempos — ela concordou. Diminuiu um pouco o passo e continuou: — Nem falei nada, pois sei que não deveria, mas percebi que você não tem trabalhado nada. Espero que não seja por minha causa. Não quero distrair você, Jack.

Os dois tinham chegado ao prédio de Adrienne e pararam ali, na base dos três degraus estreitos que separavam da rua a porta da frente e o estreito saguão.

— Você não me distrai, Adrienne. Você... — o que ele obtinha de Adrienne?, pensou Jack — ... me deixa mais firme. Você é como um longo trecho agradável de mar suave.

Adrienne sorriu sem nenhum calor. — Isso é legal — disse —, mas eu assisti à peça que você escreveu, Jack. Você é um artista. Sei que é uma área sensível, porém espero que faça algo como aquilo de novo.

— Claro — ele respondeu, consciente de uma vontade de fugir. Era um sentimento que já tivera muitas vezes na vida, mas não nessas últimas semanas com Adrienne. Por força do hábito, ele usou sua voz brincalhona, a primeira linha de defesa de que dispunha com as mulheres. — Claro — repetiu. — Eu só queria um pouco de prática me amarrando no mastro antes de voltar para as ondas.

Ela sorriu, mas não riu.

A risada de Ollie estava alta demais. Ele estava bêbado, ou prestes a ficar, pensou Eve com receio. Ela mesma já tinha tomado duas taças de champanhe, consumidas rápido demais, as mãos agarradas à haste de vidro com tanta força que corria o risco de quebrá-la. Mas não devia se preocupar. Não podia.

"Dois ovos", recitou suavemente. "Cem gramas de manteiga." — Na ausência de um relógio para marcar o tempo, Beth sugeriu que ela se concentrasse em alguma receita familiar que pudesse ajudá-la a se recompor. "Cento e setenta gramas de açúcar...", pensou Eve. Mas, nesse momento, duas coisas aconteceram. Ollie deu risada, e Simon Petworth apareceu na porta. A festa de noivado de Izzy estava começando a esquentar. Dos dois fatos, o último era o mais perigoso.

A chegada de Simon não foi uma emboscada. Ele e Izzy, com o consentimento de Eve, tinham coreografado o momento. Izzy queria Simon em sua festa, e Eve entendia que a filha quisesse ter o pai e a mãe com ela, embora achasse incômodo pensar em si mesma e em Simon como "os pais", uma entidade unificada. Nos anos que se seguiram à partida do marido, Eve tinha conseguido se conciliar bem com a separação e com o curto período que passaram casados. E então esse novo Simon, com suas preocupações humanas, parecia diferente daquele homem carismático, porém distante, de quem se lembrava — que na verdade sempre pareceu muito diferente dela, mesmo antes de deixá-la. Quando pensava nos dois juntos, ela se via como uma jovem tola, tão menos confiante do que Izzy, uma menina desesperada por algo, ou por alguém mais forte, para servir como um porto seguro.

Naquele momento lhe ocorreu que talvez Ollie estivesse fazendo a mesma coisa com Izzy. Era um pensamento desagradável, mas, para sua surpresa, a acalmou. Suas próprias preocupações e inseguranças foram afastadas por novas preocupações, mais fortes, que sentia pela filha. Olhou de novo para Ollie, que ainda estava com um sorriso largo demais, apertando mãos com um fervor exagerado, animado demais ao beijar diversas garotas bonitas. Eve o observava com tanta atenção que desviou o olhar do ex-marido que entrava e que, de repente, estava a seu lado.

— Oi, Eve — disse Simon.

A voz não tinha mudado. É claro que não. Por que ela imaginou que teria? Nada em sua aparência tinha se alterado. A mudança ocorreu num nível mais profundo.

— Não vou ficar por muito tempo — continuou. Reassegurando, Eve supôs, que cumpriria o acordo, o compromisso feito em benefício dela, de chegar um pouco tarde e sair mais cedo, para não "sequestrar" a festa — nas palavras dele. Disse a Izzy que iria sozinho, para não magoar Eve e para não "sequestrar a festa". Suas amigas, Simon explicara com muita sensatez, poderiam ficar curiosas com a chegada de um pai tanto tempo depois de a festa começar, e não era esse o propósito da reunião. Ele estava pagando tudo, com a mesma generosidade que mostrou em relação aos preparativos para o casamento. Chegou a se oferecer para encontrar Eve em particular, mais cedo, mas ela declinou o convite.

— Oi, Simon — ela disse afinal. Os dois trocaram um breve olhar, cada um imerso no passado por um instante, porém com imagens diferentes em mente. Cada um ligeiramente culpado, pensando nos próprios erros, é provável que com certo exagero, deixando menos culpa ao peso líquido das circunstâncias do que seria apropriado.

— Eve, eu... — começou Simon.

— Izzy viu você chegar — ela interrompeu, animada, como se falasse com uma das crianças que atendia na loja.

Izzy se aproximou com cautela, sem saber como se comportar diante dos pais juntos. Eve se sentiu comovida com ela. Não surpreendia que a filha estivesse tão insegura. Era uma mulher frágil. Não aguerrida, como Virginia, ou como Eve a via, julgamento pelo qual se envergonhava naquele momento. Izzy parecia especialmente tensa essa noite. Usava um maravilhoso vestido novo de um tecido rosa, elegante, mas parecia fragilizada. Os olhos pareciam um pouco obscurecidos sob a maquiagem. Olhou do pai para a mãe, e Simon, parecendo também perceber seu nervosismo, abriu um sorriso paternal e disse:

— Você está linda, querida. Está gostando da sua festa?

Eve notou que a última pergunta indicava preocupação. Ficou satisfeita. Talvez a presença de Simon fosse positiva. Talvez, afinal de contas, ele pudesse acrescentar algo em vez de tirar. Eve percebia que não tinha sido uma boa mãe para Izzy. Talvez, se tivesse de fato desenvolvido alguma noção dos deveres que tinha para com a filha, Simon poderia ser um aliado em vez de um inimigo.

Quando Izzy sorriu, pareceu forçado. — Ah sim, está incrível. Obrigada. E obrigada você também, mamãe. Obrigada por tudo.

Eve e Simon sorriram para ela. Dois cantos de um triângulo.

Ollie apareceu logo em seguida e cumprimentou:

— Olá, senhor.

Eve e Izzy olharam para Ollie com nervosismo, mas ele pareceu mais sóbrio perante o olhar de Simon.

— Bom vê-lo de novo — continuou, endireitando a postura e estendendo uma mão firme, que Simon apertou.

— Boa noite, Ollie. — Os dois tinham sido apresentados uma semana antes e tomaram alguns drinques.

Ollie, ainda voltado para Simon, pegou o braço de Eve e disse:

— Vou pegar minha futura sogra emprestada, se não se importar. Gostaria que ela conhecesse alguns amigos.

Eve imaginou se eles também tinham planejado uma saída para ela e percebeu que não se sentia incomodada com isso.

Simon, sorrindo, disse:

— Foi um grande prazer revê-la, Eve —, enquanto Ollie se afastava com ela para outro canto da festa.

— Sim — ela respondeu, sentindo-se como se tivesse derrotado um dragão. — Também gostei de ver você.

Ollie a levou para um grupo de jovens que estava por perto e a apresentou a cada um deles. Eram pessoas com quem ele tinha trabalhado, não muito próximas, contidas e parecendo um pouco deslocadas. Em outros grupos da festa, havia amigos de longa data, mais próximos, a turma da escola e os companheiros de infância e dos velhos tempos em Londres. Eles estavam relaxados, rindo, planejando o que fariam depois.

Enquanto Eve cumprimentava a todos, Ollie pegou outra bebida de uma bandeja e esvaziou o copo. A pressão no cotovelo de Eve foi ficando mais forte conforme ele a conduzia pela sala, e, de repente, como uma marionete cujas cordas foram cortadas, precisou se apoiar num aparador *art déco* entre os arcos duplos que levavam do bar ao salão de recepção para não cair. O grande vaso de flores em cima do móvel balançou.

— Merda — ele praguejou. Depois, recompondo-se: — Desculpe, sra. P. Escapou.

Eve o encarou. — Sim — concordou. — Escapou.

— Eu sei, desculpe... — cobrindo a boca com a mão como se quisesse retirar o palavrão, o rosto assumindo a expressão de um molequinho endiabrado de onze anos.

— Poucas coisas me chocam, Ollie — disse Eve. — E linguagem chula não está entre elas. Cresci puxando a saia de uma mulher cujo vocabulário parecia o de um estivador. Mas estou preocupada com você e Izzy. Vocês parecem... muito tensos.

Ollie riu mais uma vez em voz alta. — É, nós estamos *muito tensos* — repetiu. Era a primeira indelicadeza que cometia com Eve. Os dois perceberam.

— Desculpe, sra. P. — ele repetiu, retomando o controle. — É esse negócio de casamento.

Ollie parecia tão jovem naquele terno elegante. Estranho como usar trajes de gente mais velha sempre faz as pessoas parecerem mais jovens, pensou Eve.

— Eu sei — ela reconheceu, com gentileza. — Eu sei.

* * *

No final da noite, Eve deu um beijo de despedida leve e amoroso em Izzy e disse para ela dormir um pouco. Simon já tinha ido embora. Eve o viu saindo da festa com uma estranha ausência de emoções — uma animadora ausência de emoções. Ela desceu pelo elevador do hotel ao quarto que Izzy tinha reservado, sentou na beira da cama grande, arrumada com perfeição, e se olhou no grande espelho sobre a penteadeira. Estava exausta, mas tinha conseguido. Veio até Londres e conseguiu encarar a festa inteira. Encontrou Simon. Ficou ao lado da filha como faria uma mãe comum. Por fim, tirou os sapatos e esfregou os pés. Estavam doloridos, mas mesmo assim Eve sentia vontade de dançar.

Capítulo Oito

— Você pode não fazer isso, querida?

— Desculpe, não fazer o quê?

— Não dividir o pão nesses pedacinhos que parecem cocô de rato.

Adrienne olhou para as mãos como se elas tivessem vida própria e parou de enrolar bolinhas com pedacinhos de pão, deixando tudo no prato.

— Isso o incomoda? — perguntou, estendendo a mão e mostrando uma pequena bolinha, como se fosse algo frágil e precioso, uma pérola.

— Sim. Me incomoda.

— É um hábito, acho. Sempre faço isso.

— Eu sei.

— E o incomoda?

— Uh-hum.

— Mas você nunca disse nada.

— Acho que talvez a gente tenha chegado na fase "Me incomoda quando você transforma pão em cocô de rato".

— Acho que o problema não é o pão, Jack.

— Confie em mim, é o pão.

— Acho mesmo que não é.

Jack olhou para trás, esperando, ainda que por razões não relacionadas à fome, que o garçom chegasse com a abobrinha recheada. Nem sinal do homem. Estavam num restaurante pequeno e bem iluminado, com piso de azulejos. Chamava-se The Glass House, e foi escolha de Adrienne. Para Jack, a abobrinha pareceu a única coisa que poderia ser ingerida sem instigar alguma revolução nas entranhas. Chegou a dizer algo nesse sentido para Adrienne, mas ela continuou encarando o cardápio com seriedade, sem responder, passando com calma um dedo pelas letras em itálico.

Quando o garçom chegou — amistoso demais, como um padre novato, pairando com uma camiseta preta e a barba por fazer —, Jack e Adrienne se envolveram numa discussão intensa de cinco minutos, que acabou com ela pedindo uma salada verde, como sempre fazia.

— Só isso? — indagou Jack, incrédulo, quando o garçom pegou os cardápios e os fechou com um floreio. Ele achou que o sujeito saiu parecendo ridiculamente satisfeito para alguém que ganhava a vida vendendo feijão.

— O que você está insinuando? — perguntou Adrienne.

— Vinte minutos de discussão e você pede uma salada verde?

— Não foram vinte minutos — ela protestou. E aí começou a fazer as bolinhas de pão.

Adrienne encarou Jack com uma expressão perspicaz:

— Acho que é um problema maior, Jack.

— Eu discordo.

— É um problema com a comida.

— Bem, posso conceder que alguns membros do reino animal comam cocô de rato, mas para mim não é um problema com a comida. O que me incomoda é você transformar o pão em cocô de rato. Se bem que... — Ergueu o pão pesado, marrom e cheio de sementes e grãos e fingiu que pesava nas mãos. — Sei lá, talvez seja o melhor uso para isto. — Enrolou uma bolinha de pão e sorriu. — Como foram as fotos? — perguntou, esquivando-se e desistindo.

Adrienne esfregou as mãos, tirando as migalhas invisíveis:

— As fotos foram bem.

— Sem crianças? Cachorros? Prima-donas?

— Um senhor de idade, muito simpático. Astrônomo. Ele ganhou o Pulitzer.

— Que bom. Bom para ele.

— Jack, acho que nós precisamos enfrentar esse problema com a comida.

— Não existe um *problema com a comida*.

— Sim, Jack, existe. Você tem um problema com comida. É obcecado por ela. Isso está drenando sua criatividade. Você não está escrevendo e está ficando obcecado por culinária. É como uma... transferência. Você está transferindo seu talento de escritor, sua habilidade de articular palavras, para uma combinação de ingredientes. Isso me preocupa, Jack.

— Preocupa?

— Sim. — Ela estendeu o braço e pôs os dedos com delicadeza sobre os dele. — Acho que isso está tolhendo você.

Jack ficou olhando para ela. Mas sabia que parte da culpa pela conversa era dele. Ele tinha aberto o caminho mais uma vez.

Fora uma coisa estúpida. Deixar Adrienne ler algo que havia escrito. Umas páginas com um roteiro que tinha em mente e que sabia que ela não aprovaria. Era um texto que tinha escrito naquela manhã, o qual em outras ocasiões ele teria considerado um esboço, deixado de lado por um tempo e depois talvez utilizado uma frase e descartado o restante. Mas, nessa sua fase recente e insegura, continuou burilando o material, reorganizando, e perdeu o rumo no processo. Ele sabia disso, que a resposta era deixar aquilo de lado, porém não conseguiu.

Continuou cutucando o texto como se fosse um dente dolorido e acabou envolvendo Adrienne. Burrice.

Ela leu o texto rapidamente e olhou para ele, procurando alguma coisa.

Adrienne é uma mulher inteligente, pensou. Preparou dois Manhattans e tomou um gole.

— O que você quer, Jack?

— O que eu quero? — ele retrucou. A repetição foi como o disparo distante de uma pistola dando a largada para uma altercação.

Ela não escutou. — Não sei bem — continuou, julgando o impacto de cada palavra antes de falar — se você quer uma crítica ou... — Fez uma nova pausa e tomou um gole da bebida.

Jack não a ajudou.

— Reafirmação — ela concluiu com suavidade. A voz soou terna, algo atípico para ela.

Foi essa ternura, por ironia, que o atingiu — como se o puxasse para cima. Se ela tivesse dado uma resposta áspera, ele teria posto tudo para fora, se descontrolado numa torrente de irritação sem sentido.

— Reafirmação, naturalmente.

Jack se levantou, atravessou a sala, pegou as páginas de volta e deu um beijo nela.

— Tenho uma fraqueza por elogios. Em especial de pessoas que gosto.

Adrienne não pareceu convencida, mas ao menos tinha sido poupada. — Este drinque está muito bom — disse, sorrindo.

— Ah — disse Jack, também com um sorriso, deixando o copo na mesa e ajoelhando-se na frente dela. — Agora você vai ver o efeito que algumas gotas de lisonja podem exercer sobre um homem carente.

— Talvez você pudesse fazer um jejum — disse Adrienne, enquanto esperavam a refeição. — Pode ser um jeito de resgatar sua verdadeira narrativa. Como um processo de purificação, para limpar a desordem do corpo e da mente, deixar as novas ideias fluírem melhor.

Os pratos chegaram. O garçom depositou a salada na frente de Adrienne como se fosse um recipiente de pedras preciosas. Ela respondeu com um sorriso gentil. Então, para a incredulidade de Jack, ela retomou a conversa:

— Sim, um jejum — continuou, como que refletindo sobre uma decisão importante. — Podemos fazer juntos.

— Querida, não existe a menor chance de eu abrir mão do prazer puro e simples de comer só porque a musa pode ser uma maldita anoréxica.

— Eu não sou anoréxica, Jack.

Jack olhou para ela, tomado por uma série de súbitas constatações. Primeiro, o que ela tinha dito era verdade. Adrienne não comia com fervor, mas se alimentava. Segundo, ela tinha forçado um salto sobre a rede de segurança entre a terceira e a primeira pessoa, o que os levava a uma maior imersão no território de "casal" e à decorrente profundidade da revelação. E a outras coisas.

— Não — ele disse, percebendo o ocorrido. — Mas você quer ser a musa, não quer? Era assim com aquele sujeito? Terry?

— Terrence — corrigiu Adrienne. O ex-marido, um cantor e compositor mais ou menos bem-sucedido. Ela pensou por um instante. — Quando estávamos casados, sim, ele dizia que eu o inspirava. Mas não sei se usaria o termo "musa".

— Eu usaria — afirmou Jack. — E acho que existem mulheres de carne e osso que realmente acreditam que são. Que podem inspirar um artista. É nisso que você acredita, Adrienne? Você acha que pode me inspirar?

— Você está gritando, Jack.

— Ideias cretinas têm esse efeito sobre mim. E essa merda também. — Virou o prato na direção dela. Era um quadrado branco grande, com quatro abobrinhas pequenas dispostas num ninho que parecia feno amarelo no centro. Voltou a levantar a voz quando disse: — De repente eu só queria encontrar algum lugar onde eles tirem os chifres de algo corpulento e me sirvam com uma faca afiada e uma porção de bolas fritas.

Quando o garçom veio retirar a refeição intocada de Jack, Adrienne se desculpou com um sorriso e disse:

— Ele está tendo um dia ruim.

Eve escreveu:

> *Você deve usar ameixas bem escuras. As mais miúdas são as melhores, faça muitos furos e deixe no gim com açúcar até o Natal. É um pouco tarde para abrunhos, o sabor leva mais tempo para apurar, e de qualquer forma as ameixas são mais fáceis de furar. Às vezes acrescento uma gota de essência de amêndoa.*
>
> *A festa de noivado foi muito boa. Obrigada por perguntar. As entradas estavam lindas e tinham um sabor incrível. Acho que, quando se trata de comida de festa, a aparência vistosa é tão importante quanto o sabor. Comida para festa é o beija-flor das comidas, você não acha?*
>
> *Acabei de perceber que nossa conversa quase começou com ameixas. Parece muito tempo atrás.*
>
> *Eve*
>
> *Isto é um adendo, mas não deixa de ser importante. Estou enviando a receita de Bolo de Natal da Vovó. Ela não era a minha avó, era avó de uma amiga da escola chamada Erica. Ela foi viver na Austrália, e perdemos contato, mas houve uma época natalina em que cartas entregues por aviões e essa receita nos reuniram brevemente. Uma vez, fiz meus biscoitos de gengibre (que você talvez chame de cookies) para a avó de Erica, e ela me deu essa receita em troca. Na época, me senti*

como se fosse uma neta preciosa e tenho a mesma sensação maravilhosa de parentesco sempre que faço o bolo, o que acontece todo Natal. Talvez você também faça. Não se sinta obrigado. A receita é um presente. Tenho me sentido bem melhor ultimamente, por várias razões. Melhor do que me senti por muito tempo, e acho que suas cartas são parte disso.

Eve

Acabei de perceber que a receita pede glucose de milho. Talvez eu tenha que enviar um pouco, substitutos fazem bagunça demais (combinar açúcar caramelizado, vinagre e xarope de milho) ou podem ser inadequados (mel).

Obrigado, minha amiga. Fiquei comovido com o presente da receita de bolo. Vou prepará-lo se você puder me enviar a glucose de milho (que me deixou intrigado).

Você tem razão quanto às ameixas darem a impressão de muito tempo ter se passado. Também faz muito tempo desde a última vez que mencionamos Paris. No momento, estou muito inclinado a comer daquela forma hedonista que só é possível por lá. É possível encontrar o que quiser em Nova York, e na Itália as papilas gustativas alçam voo, mas Paris é o lugar para a autoindulgência, e estou atrás de um pouco disso no momento. Creme, bife, miolos, escargot com alho, tarte tartin, profiteroles. O que você acha? Talvez pudéssemos ir durante o Ano-Novo. Você já vai estar livre dessa história de casamento, e autoindulgência sempre cai melhor melhor no frio.

Jack

Eve escreveu a carta para Jack falando sobre o bolo de Natal sentada na cama do grande hotel, sentindo ainda o efeito suave da champanhe ingerida na festa. Sentiu vontade de conversar com um amigo. Contar a ele como a noite tinha sido, mas Eve se deu conta de que os anos de isolamento lhe custaram mais do que a família. Talvez pudesse ter escrito para Erica, reaquecido a relação afetuosa que existia entre as duas, mas, recostada nos travesseiros macios, ela admitiu para si mesma que não era com Erica que queria conversar. Era com Jack.

E foi o que fez, separando a missiva da imagem que tinha de Jack com sua linda mulher-salgueiro ou sereia. Era com isso que ela se parecia, Adrienne Charles, com uma sereia. Mas aquilo não era da conta de Eve, ela disse para si mesma. Seu relacionamento com Jack, sua amizade, era algo à parte, casto, embora caloroso, baseado num interesse comum. Não havia mal nenhum naquilo, e os envolvimentos românticos de Jack não importavam.

Adormeceu com a imagem que Jack tinha pintado dos dois em sua imaginação. Juntos, em Paris, comendo, conversando sobre culinária. Por que não?, pensou. Já tinha superado tanta coisa — por que não continuar marchando?

Jack tinha partido de Nova York na noite anterior, depois de uma conversa tensa com Adrienne. Bem, tensa por parte dele. Do lado dela, reinou uma calma exasperante. Jack achou melhor sair da cidade antes, mas disse que ligaria em um ou dois dias para ver se ela queria passar o fim de semana na casa dele. Afinal, aquela era a primeira discussão entre os dois.

— Sim, acho que é o melhor plano — ela concordou, numa atitude compreensiva. Como se, pensou Jack, ele estivesse recontando um acidente constrangedor de que tinha se saído pior.

Em casa, ele escreveu:

Eve,

Durante esses últimos meses você se tornou uma fonte de alívio para mim. Como uma daquelas pedrinhas de praia que você encontra no bolso durante o inverno — o simples ato de esfregar o polegar e o indicador nela elicia brisas marítimas e paz interior. Estou precisando de um pouco disso. Um dos meus livros levou o título de A zona salina. *O título é uma referência ao leito rochoso e árido do lago em que passava a história, mas ultimamente parece uma metáfora de minha vida. A zona salina — bem difícil crescer algo nela. A única coisa que floresce ao meu redor é você. Suas cartas ficam mais plenas de vida a cada dia. Desejo-lhe muita alegria.*

Jack

Pense a respeito de Paris. Eu vou pensar.

Dex,

Vai ser muito bom ver você, amigo. Não fique convencido por isso. Adrienne talvez esteja aqui. Tenho a achado um pouco melhor. Mas talvez ela não esteja.

J

Seu cachorrão. Ela nunca fala de você.

Ela também nunca fala de você.

Nenhuma mulher sensível iria falar de mim para você, Coop. Muito ruim para o ego, sabe.

É, sei. Mas na minha casa você não é o Dexter "estrela de cinema" Cameron, colega. Vejo você no sábado.

Jack

Jack ficou satisfeito com a troca. Um final de semana com Dex. Nenhuma ordem exigida. Nenhuma sensibilidade. Sem ter de lidar com feminilidades melindrosas. Com Dex, até os desacordos tinham um ritmo compreensível, de cumplicidade.

— Dex vai passar o fim de semana aqui.

— Seria bom encontrar com ele — respondeu Adrienne. Jack conseguia imaginar Adrienne segurando o telefone a uma pequena distância do ouvido. Não queria que ela viesse, pois estaria com Dex, mas, quando ela disse que não viria, ficou desapontado.

Em resposta ao silêncio, Adrienne disse, como que respondendo a uma pergunta não formulada:

— Nós nunca ficamos juntos, sabe. Eu e Dex.

Jack riu. — Eu sei.

— Ah. Que bom.

Era um estilhaço de insegurança, sutil, mas outra indicação de que os dias iniciais e fáceis do romance haviam ficado para trás. Jack sabia que eles estavam naquela fase em que o relacionamento, para crescer, teria de perder o brilho da novidade. Parte do brilho teria de se apagar para dar lugar aos acordos e compromissos mais chatos. Ele não tinha certeza se estava pronto para o esforço exigido. Mas também não estava pronto para perder Adrienne. Quando falara que ligaria para ela em breve, tinha sido sincero.

— Ainda está evitando a vizinha? — perguntou Dex, erguendo a lata de cerveja e apontando o rótulo. — T-C-H-E-C-A — disse. — Não diga que nunca fiz nada por você.

— Anotado — respondeu Jack. — Não, ela já seguiu em frente. Arrumou um bilionário alemão.

— Elas fazem isso.

— Passou aqui com ele na semana passada — contou Jack. — Para eu ver que ele existe mesmo.

Dex gargalhou. — E existe?

— Ninguém inventaria uma persona daquelas. — Era bom estar com Dex. Era mais fácil relaxar. — O que você acha de passarmos uns dois dias em Dobb's Creek?

— Por que não? — replicou Dex. Fácil.

Querido Jack,

Li A zona salina *e gostei muito. Fiquei triste com essa nova interpretação do título. Eu imaginei você... digo imaginei, mas é claro que já vi fotos de Jackson Cooper, o escritor. Em todo caso, pensava em você como alguém criativo, com uma vida agitada e alegre. Mas, pensando com mais clareza, posso ver que você também tirou conclusões similares — falsas — sobre mim. Não sou curvilínea, Jack. Sou uma solteirona em muitos sentidos, apesar de meu casamento precoce (que foi breve) e de minha filha. Eu me afastei de tudo e usei a rotina doméstica, especialmente a culinária, para manter alguma sensação de controle sobre mim mesma e o ambiente. Mas decidi tentar arriscar um pouco de imprecisão. Talvez quebre alguns ovos no processo.*

Eve

— Então, como está a vida?

— Satisfatória.

Estavam num barzinho com decoração de madeira — paredes revestidas e iluminação esfumaçada — em uma cidade tranquila, a meio caminho de Dobb's Creek. As mesas abrigavam pequenos amontoados de parafernália: embalagens de molho, saleiros e pimenteiros robustos e açucareiros apoiando os cardápios.

— Olha isto — disse Jack, pegando o menu. — Um cardápio que se pode mastigar. Hambúrgueres, queijo quente e bolinhos de chocolate com calda quente. E você, como está? — perguntou.

Dex tirou um palito de dentes do invólucro de papel e pressionou o lábio inferior por um tempo.

— Diferente.

Jack ergueu os olhos.

— Dessa vez está diferente — ele soltou o palito. — Não sei. Não esperava, mas está. Mais real, de alguma forma.

Jack sabia que Dex estava se referindo ao passado, quando apareceu no *New York Times* apontado em uma matéria como um dos jovens atores mais quentes de sua geração. Depois disso passou por um período de muita escassez, lá pelos trinta e tantos anos.

— Ou talvez eu tenha amadurecido — Dex riu. — Como você.

Um dos pactos da amizade entre os dois sempre consistiu em evitar falar sobre trabalho de forma direta. Em vez disso, conversavam sobre o trabalho de outras pessoas, passando horas dissecando livros ou filmes enquanto tomavam café ou vinho ou comiam macarrão, as críticas passando do porrete para o bisturi. Jack sempre achou aquelas noites confortáveis e satisfatórias, tanto quanto qualquer noite em sua vida. Mas então ele percebia que as coisas não tinham sido tão confortáveis para Dex durante aqueles anos. Jack sempre compreendeu a falta de dinheiro do amigo e algumas de suas frustrações, mas de repente entendeu que Dex tinha vivenciado sozinho a necessidade de praticar o ofício, de atuar, e o fardo que a acompanhava.

— Não, você lutou por isso. Me faz parecer uma criança — disse Jack.

Dex sorriu. Era um tipo especial de sorriso, lento e cativante.

— Levanta — instou Jack. — Vou lhe dar uma surra no bilhar antes do jantar, senão seu ego vai ficar insuportável.

Eles comeram um bife e sobremesa. Pouco tempo depois, duas garotas locais entraram no estabelecimento, de saia curta e top que deixava a barriga exposta. Jack deixou ambas com Dex e voltou para a rua principal da cidadezinha. Estavam hospedados num lugar chamado Robinson Inn, e a animada recepcionista indicara aquele barzinho escuro.

— Não tem muita opção por aqui, mas vocês não vão precisar. A comida de lá é a melhor possível. E peçam a torta de pêssego!

A recepcionista ainda estava acordada quando Jack entrou e atravessou o saguão, sentando na sala contígua para assistir televisão.

Sorriu para a moça e disse:

— Você tinha razão sobre a torta. A massa... — e beijou a ponta dos dedos num gesto que denotava satisfação com o doce.

A recepcionista retornou o sorriso e disse:

— Dr. Oetker.

— Jura?

— Uh-hum. Mas não fale para ninguém que contei.

Jack deu uma piscadela cúmplice e subiu a escada.

Chegando no quarto, pensou em ligar para Adrienne. Depois pensou nela, de maneira geral. Dex tinha tocado de leve no assunto na viagem de carro, mas Jack não entrou em detalhes porque ele mesmo não estava entendendo a situação muito bem. Seus sentimentos por Adrienne eram diferentes dos que já tivera por outras mulheres. Ela não despertava a afeição paternal que Marnie o fazia sentir, nem o amor doloroso e dramático da juventude que teve por Paula. Também não era o simples desejo sexual que o atraía, embora achasse bastante sedutora a constante aura de indiferença de Adrienne.

Serviu um último trago da garrafa que tinha trazido. Talvez eu a queira porque não tenho certeza se ela me quer. Jack sorriu para si mesmo ao admitir aquilo. — Não consigo evitar — disse em voz alta. — Simplesmente não consigo evitar.

Tirou os sapatos e deitou na cama com as pernas esticadas e depois as cruzou. Era uma sensação boa estar longe e desapegado. De repente, não queria mais ligar para Adrienne, e de todo modo ela não era o tipo de mulher que ligava para esse tipo de coisa. Talvez essa fosse outra razão para o afeto que Jack sentia por ela. Adrienne nunca enchia o saco dele por não ligar. Era a primeira vez que isso acontecia.

Tomou um gole de uísque e olhou para a foto emoldurada de um pássaro selvagem indefinido na parede oposta. Não era um lindo animal, mas combinava com o quarto. Talvez ele e Adrienne pudessem combinar, se ele mudasse um pouco. Talvez até pudesse ser uma espécie de musa. Em muitos sentidos, ela só tinha dito coisas sobre seu trabalho que ele mesmo já havia pensado. Ele precisava escrever melhor ou então deixar de fazer isso de vez.

Jack virou o copo e levantou para tirar a roupa. Torceu para que Dex não tentasse passar pela recepcionista contrabandeando aquelas duas gatinhas para dentro do hotel. Se tentasse, o serviço não seria tão amigável na manhã seguinte. Droga, pensou, talvez viajar de carro com uma estrela de cinema não seja para mim. Naquele momento teve certeza absoluta de que esse seria o destino de Dex. A fama.

— Você parece...

— Mais jovem — completou Eve, sorrindo.

Beth riu. — É, é isso mesmo. Você parece mais jovem.

Eve estava ciente de que os ponteiros do relógio de parede atrás dela estavam se movendo. Esse pensamento a tranquilizava nas primeiras sessões com Beth, a passagem do tempo. Naquele instante, sabia que o relógio marcava seus últimos cinquenta minutos de terapia. Estava se desfazendo das amarras.

— Como está se sentindo agora?

— Eu... não sinto que estou curada.

Beth assentiu, observando-a, instando-a a continuar seu silêncio.

— Acho que agora me dei conta de que não posso ser exatamente curada, apesar de ter vindo para cá com essa esperança. Eu queria ser consertada.

— Sei — disse Beth.

— Como um encanamento vazando ou um pneu furado. — Beth sorriu, e Eve sentiu uma pequena necessidade de continuar no porto seguro daquele sorriso. Mas não era uma sensação opressiva. — Foi uma revelação e tanto para mim entender que "consertar" não é a ideia.

— Não.

— Acho que nunca me ocorreu que eu tivesse os recursos para lidar com alguns dos meus problemas por conta própria. Deve ser meio ridículo.

— Ridículo?

— Só estou dizendo que se eu tivesse a capacidade de resolver essas coisas... essas barreiras emocionais que me deixaram tão presa, por tanto tempo...

— Talvez você ainda não tivesse essa capacidade — interveio Beth. — Talvez precisasse de um pouco de ajuda. E orientação.

— Sim — respondeu Eve, sorrindo. — Você me deu isso.

— Acho que foi um esforço conjunto — corrigiu Beth. — Mas também acho que o momento é fundamental. Algumas circunstâncias acabam convergindo para essa abertura.

— Pode ser verdade. Mas levei um ano para chegar a considerar ter uma vida diferente de quando minha mãe estava viva. Ela morreu, e eu continuei como se ela ainda estivesse lá. Me dizendo o que fazer — Eve franziu o cenho. Aquilo ainda doía.

— Na minha experiência, Eve, a lógica é um oponente muito fraco para a criação. Você teve de superar muito e precisou de algumas ferramentas. E vai continuar precisando delas, mas estarão ao seu alcance.

— Sim — Eve sorriu. Sentia muita gratidão por Beth. Sabia que ela estava apenas fazendo seu trabalho, mas, mesmo assim, sempre foi tão empática. A sessão estava quase acabando. — Vou para Paris — ela disse. — Encontrar meu amigo Jack.

Eve tinha falado muito pouco sobre Jack com sua terapeuta. Ela devia imaginar que era um mero amigo por correspondência, mas Eve não se importava. Ela só o tinha mencionado para não parecer tão abandonada.

— Paris — Beth sorriu. — Que maravilha!

Ao ouvir sua resposta, Eve soube que só tinha dito aquilo em voz alta para que fosse verdade. Para acreditar em si mesma. Ela queria acreditar que seria capaz de fazer isso.

Capítulo Nove

— Ouvi dizer que você é uma excelente cozinheira, Eve.

Eve foi poupada de dar uma resposta, pois uma das crianças ergueu o garfo como se fosse uma espada e gritou *"En garde"* para o irmão, que entrou na brincadeira com entusiasmo.

— Meninos! — advertiu Simon. E bastou aquela reprimenda para os dois baixarem os garfos e voltarem a se sentar, obedientes e cordiais.

— Eles ficaram muito tempo presos no carro durante a viagem — disse Laura, pedindo desculpas.

— Reparei que há um parque — observou Eve, mudando para um território mais prático — logo na rua seguinte, vi quando estava chegando.

— Ah, que bom. — Laura sorriu, firmando aquela ligação tênue. — Eles podem brincar até se cansar antes da viagem de volta.

Laura era uma mulher adorável, pensou Eve. Uma mulher adorável vivendo a vida adorável que poderia ter sido dela. Apesar de pensar nisso por um instante, Eve, que tendia à introspecção, talvez até à depressão, e com certeza à apreensão, não tinha nenhuma tendência à amargura.

— Acho que foi muito corajoso da sua parte fazer isso, Eve. Izzy tem sorte de ter uma mãe tão altruísta. — Ambas olharam para Izzy, sentada entre seus meios-irmãos mais novos e o pai. À esquerda de Eve, do outro lado dos garotos, Ollie estava contando piadas. Os dois começaram a rir.

— Não estou certa disso — respondeu Eve. Era difícil não simpatizar com Laura. — A situação também deve ser meio desconfortável para você.

— Para mim o problema sempre foi Fiona.

A menção a Fiona provocou um breve silêncio, a mulher por quem Simon tinha deixado Eve. Na ocasião, Virginia determinara que Eve tinha de simplesmente seguir em frente, evitar Simon o máximo possível e, sob nenhuma circunstância, pensar em entrar em contato com Aquela Mulher.

— Ela dificultou tanto os nossos primeiros anos — continuou Laura. — Mas também havia Tim, o filho dela, que é um garoto muito bacana. Imagino que você vá conhecê-lo antes do casamento.

— Sim — respondeu Eve. — Acho que isso foi planejado. — Ela não conseguia imaginar. Mas as duas trocaram um sorriso. Eram apenas duas mulheres, afinal, pensou Eve. O fato de terem sido casadas com o mesmo homem não precisava ser uma barreira para a amizade. E olhando para a mesa ela via uma família, de um tipo meio bagunçado, verdade, mas uma família mesmo assim.

— E agora temos Izzy — disse Laura. — Você deve estar muito orgulhosa.

— Sim — confirmou Eve, percebendo a verdade por trás daquelas palavras, a força de seu orgulho. — Estou.

Laura suspirou. À sua frente, os garotos continuavam rindo. Ollie tinha transformado a faca de manteiga num bigode, e Izzy imitava com ele o exato tom que o pai tinha usado um instante atrás.

— Afinal é isso que importa, não é? — observou Laura. — Os filhos. A gente tem de tentar fazer o que é melhor para eles.

— Verdade — Eve olhou para ela. Laura tinha olhos castanhos grandes, calorosos e amigáveis, irradiando tanta maldade quanto um cervo. — Mas isso não era tão claro para mim na época em que Izzy tinha a idade dos seus filhos. E me arrependo disso.

Laura fez uma ligeira careta e disse:

— Eu também demorei um tempo. Até um ou dois anos atrás eu ainda desperdiçava energia sentindo ciúme de Fiona. Ela costumava ligar a qualquer hora da noite, querendo coisas de Simon, em geral dinheiro. Mas era da atenção dele que ela de fato precisava. Não estou dizendo que não tenho mais dificuldades com ela, eu tenho, mas realmente gosto do Tim, e, bem, estive doente.

Eve aquiesceu. Ela sabia.

— Parece que todos aqueles clichês são verdadeiros — continuou Laura, em voz baixa. — A gente só entende o que importa de verdade depois de passar por uma experiência dessas. Pelo menos foi assim comigo. E parece que Simon passou por um processo parecido. Costuma ser assim, conosco. — Olhou para o marido, incapaz de esconder o amor que sentia em sua expressão. Mas logo se recompôs, ciente de quem era sua interlocutora.

Eve estendeu a mão para ela e concordou:

— Sim. Também passei por algo assim nos últimos tempos.

Enfim, a refeição chegou, e os garotos ficaram entusiasmados com a grande tigela de batatas fritas.

— Espero que nós... — mas Eve não precisou terminar; Laura fez isso por ela.

— Nós vamos fazer funcionar — afirmou. Esticou o braço e pegou uma batata frita dos garotos com dois dedos estendidos, fazendo uma careta em resposta ao ultraje fingido de ambos. — Somos as adultas — disse para Eve. — É o nosso trabalho.

No caminho de volta do restaurante, que ficava em Dorset, na metade do percurso entre Londres e a casa de Eve, Izzy disse:

— Meu tamboril estava esplêndido.

— *Tudo* estava excelente — emendou Eve. — Muito bom. O encontro foi muito agradável.

— Achei que o serviço foi meio lento — reclamou Izzy.

— Foi mesmo — concordou Eve para apaziguar a filha, que parecia com os nervos tão à flor da pele quanto antes do almoço. O encontro tinha corrido tão bem que Eve esperava que Izzy tivesse relaxado um pouco, mas não foi o que aconteceu. Estava ansiosa desde que entrara no carro e passou a viagem no banco de passageiro virada para trás, falando de trivialidades com Eve.

— São bons garotos, não são? — perguntou Ollie. — Aqueles dois, Ed e Felix. E muito bem-comportados, ficaram sentados durante a refeição inteira. Foi bastante tempo.

Pela primeira vez, Izzy ficou em silêncio.

— Izzy também sempre teve excelentes modos — disse Eve, querendo animar a filha, mas imediatamente receou ter colocado Izzy e os filhos de Simon no mesmo grupo, de irmãos sendo comparados. Porém Izzy, que ainda parecia perdida nos próprios pensamentos, não falou nada.

Percebendo o hiato na conversa, Ollie ligou o rádio do carro, que ficaram ouvindo em silêncio pelos próximos quarenta e cinco quilômetros.

Foi uma noite tranquila. Eve fez uma omelete, que eles comeram assistindo a um filme leve escolhido por Ollie. Eve e Izzy falaram sobre amenidades durante o filme. Izzy tinha levado um vestido para ajustes.

— Precisa apertar um pouco — explicou.

— Achei mesmo que você tinha emagrecido um pouco — respondeu Eve, tentando não fazer a declaração soar como uma crítica.

— Todas as noivas emagrecem — declarou Izzy.

Quando o filme acabou, Eve levantou para se retirar, deixando Ollie e Izzy esticados no sofá, folheando revistas e ouvindo o noticiário.

Não sabia se estava sonhando quando foi acordada por uma discussão em voz alta algumas horas depois. Achou que algo inesperado tinha acontecido, mas logo percebeu que a discussão era uma briga. Aos gritos.

Eve sentou na cama e ficou parada, os pés descalços no chão, sentindo o sono se afastar, preocupada com a possibilidade de os dois terem de alguma forma percebido que a tinham acordado. Não queria que se sentissem espionados. Devagar, uma intrusa em seu próprio quarto, ela deitou de novo na cama e dobrou o travesseiro ao redor da cabeça. Não queria escutar, mas não conseguia evitar. As barreiras físicas, o travesseiro, o carpete e o chão não estavam à altura da turbulência emocional no andar de baixo.

— Ah, isso é tão típico de você, Ollie — Eve ouviu Izzy gritar. — Você é uma criança!

— Isso, Izzy, me diga que eu sou uma criança. Essa é a sua melhor defesa, não é? Eu sou um criançāo. Não é muito original, é? — As palavras de Ollie, embora menos estridentes, foram ditas com tanta raiva que foram tão audíveis quanto as de Izzy.

A filha voltava a subir o tom, no começo só aborrecida:

— Mas é verdade — confirmou. E depois berrou: — É *verdade*!

Izzy parecia fora de controle. Eve ficou tão preocupada que sentou na cama de novo, sentindo que precisava intervir, para então perceber que não devia. Não podia. Uma vez na vida, manter distância era o melhor a fazer. Era preciso deixar os dois encontrarem o próprio caminho. Aquilo só dizia respeito a eles. Eve preferia não ter escutado nada.

Alguém bateu uma porta, e então os gritos pararam, mas o coração de Eve ainda batia com força. Vai embora, pensou. Vai embora. Vai ficar tudo bem.

Na manhã seguinte, a casa estava muito quieta, e enquanto tomava banho e se vestia Eve pensou na confusão da noite anterior. Provavelmente era algo a ser esperado, racionalizou, como a perda de peso de Izzy. Devia ser só uma típica ansiedade pré-conjugal. Além de assumir responsabilidade por boa parte dos aspectos práticos do casamento, como todos os noivos modernos, Izzy e Ollie ainda tinham de lidar com as complexidades familiares extras: a integração de Simon, suas esposas e filhos à cena, além da falta de envolvimento da mãe de Ollie, que ainda nem tinha confirmado sua presença na cerimônia. Mas a irmã de Ollie, Cassie, garantiu que iria.

— Você conhece a mamãe — teria dito a Ollie. — Ela quer fazer uma entrada espetacular.

Eve gostaria de poder aliviar toda aquela carga de alguma forma. Mas não conseguiu pensar em nada que ajudasse muito. Decidiu que faria mingau de aveia para o café da manhã. Estava começando a esfriar, e Izzy adorava comer isso.

Querido Jack,

É comum as pessoas expressarem preocupação pelos solitários entre nós. Conheci essa preocupação na minha vida, estando no lado desconfortável, vitimado, da questão. Mas às vezes existe um grande luxo na solidão, em especial quando há conforto material, como no meu caso. Andei saindo da gaiola dourada montada por mim mesma com mais frequência, mas não sei se já estou preparada por completo para um voo livre. Ao contrário de você. Você viveu no mundo e depois usou a experiência como combustível para seu trabalho. Duas coisas que admiro.

O outono está chegando por aqui, o jardim parece estar nu por causa das podas e tem ventado bastante, por isso as árvores estão perdendo as folhas bem rápido. Talvez o mundo lá fora possa esperar um pouco mais por mim. Esta manhã estou tentando afastar o mundo com mingau. Sou purista em relação à base (água e sal, mexidos no sentido horário), mas não tenho objeções à adição posterior de açúcar.

Eve

— Você já comeu um mingau de verdade, Dex? Feito com água e sal?

— Não.

— Nem eu.

Estavam comendo rabanada numa lanchonete de beira de estrada. A garçonete sorriu para Dex enquanto servia as xícaras de café. Ele estava começando a ostentar aquela aura de fama de novo. As mulheres sempre gostaram dele, mas estavam ficando pegajosas.

— O que é um mingau? — perguntou Dex, empurrando a xícara e agradecendo o refil. — Obrigado, linda.

A garota devia ter uns dezenove anos, confortável no que despontava de sua feminilidade, e abriu outro sorriso largo e se afastou.

— Se eu chamasse uma garota que não conheço de "linda" com essa expressão, acabaria perdendo um olho — disse Jack.

Dex deu de ombros.

— É um prato preparado com farinha de aveia. Os britânicos comem bastante. Na Escócia, fazem com água e acrescentam sal.

— Então por que você não disse que era aveia com água e sal de uma vez? E por que quer saber se já comi?

— Só estava pensando uma coisa.

Dex descansou a xícara. — Mentira.

— Igualmente — retrucou Jack.

— Mingau de aveia. E aquela coisa de laranja... geleia.

Jack não respondeu.

— Por que todo esse papo de comida britânica ultimamente?

— Não acho que algumas perguntas sobre mingau de aveia e um pouco de geleia constituam um "papo de comida britânica".

Mas Dex, animado, entrando no papel de "inquisidor", disse:

— Sim, constitui sim. E também teve aquele outro negócio, aquela história do velho pudim de Natal.

Jack tinha encomendado um pudim de Natal de um catálogo sugerido por Eve. Ela dissera que seria tão bom quanto os que sabia fazer, e em todo caso já era tarde demais para preparar alguma outra coisa. Ele tinha mostrado o catálogo para Dex.

— É isso que vou colocar nas suas costelinhas este ano — explicara Jack. Os dois já tinham passado muitos Natais juntos.

— E o que tem de errado com torta? — Dex perguntara na ocasião.

— O.k., qual é a história? Quem é a gatinha? — perguntou agora. Parou de brincar com a meia dúzia de pacotinhos de adoçante e os jogou na mesa, espalhados como uma mão de pôquer vitoriosa. Olhou para Jack.

— Dexter, existem algumas coisas que eu faço, não muitas, é verdade, mas existem algumas que não estão relacionadas a gatinhas. Cozinhar é uma delas.

— Cozinhar, tudo bem. Mas esse interesse repentino por essas coisas britânicas é outra história. Tem alguma gatinha envolvida.

— Ela não é uma gatinha.

— A-hah!

— É uma amiga.

— Uma amiga britânica.

— Uma cozinheira. É uma amiga que cozinha.

— E onde você encontrou essa amiga britânica que cozinha?

Jack fez uma pausa antes de responder:

— Eu ainda não me encontrei com ela.

— Você nunca a viu?

— Não. Nós... trocamos cartas. É coisa fina. Trocamos correspondência sobre comida.

— Merda, Jack. Não vai me dizer que você entrou num desses sites de namoro. Isso é pra fracassados.

— Eu não entrei num site de namoro, e Eve não é uma fracassada. Nem eu.

— Você está trocando mensagens com uma mulher que nunca encontrou e falando sobre esse maldito mingau.

— Não estou "trocando mensagens". Às vezes mandamos e-mails, mas em geral são cartas. Muito elegante.

— Muito triste. Você nem sabe como ela é?

— Não. Não me interessa a aparência dela. Nós somos amigos, conversamos sobre comida. É...

— Triste.

— É agradável. É muito agradável.

— Vocês se falam por telefone ou usam alguma tecnologia do século XXI?

— Não. Pensei nisso uma vez, mas ela não está na lista. E depois mudei de ideia. Gosto das cartas.

— Ah, que inferno! Daqui a pouco ela vai querer conhecê-lo, e você vai ter que esperar duas horas embaixo do Big Ben com um exemplar dos sonetos de Shakespeare e uma rosa vermelha na lapela.

Jack tirou a carteira do bolso de trás da calça e deixou duas notas na mesa.

— Adrienne sabe dessa baboseira de amizade culinária? — perguntou Dex.

Jack colocou o saleiro em cima do dinheiro e disse:

— Adrienne e comida são coisas mutuamente exclusivas. E você está enganado quanto ao Big Ben. Vai ser na Torre Eiffel.

— Meu Deus! — exclamou Dex. — Cheguei bem a tempo.

Ollie não quis o mingau de aveia. Desceu antes de Izzy e recusou a oferta de Eve. Só queria café. Ela ficou feliz ao vê-lo se servir, não porque poupava trabalho de sua parte, mas por indicar o quanto se sentia confortável na casa dela. Eve queria que o noivo da filha se sentisse à vontade em sua casa.

— Tudo bem, querido — ela disse.

Os dois trocaram um sorriso tímido. Foi a primeira vez que ela não o chamou de Ollie.

Ele tomou o café rapidamente e disse que iria até a cidade para comprar os jornais. Trabalho de homem, uma expedição para desaparecer um pouco.

— Você precisa de alguma coisa, sra. P.?

— Não — respondeu Eve. Não precisava de nada.

Ollie pegou o casaco do encosto de uma cadeira e vestiu. O colarinho de veludo ficou erguido de um lado, e Eve resistiu a um impulso súbito de arrumar enquanto o via sair e fechar a porta.

Quando o carro se afastou, Izzy entrou na cozinha. Ainda não tinha se vestido, usava uma camisola dos dias da escola. Os cabelos não estavam penteados. Parecia um pouco pálida. Aceitou um pouco de mingau de aveia, colocando as mãos ao redor da tigela como se quisesse absorver o calor antes de acrescentar creme e açúcar mascavo e comer algumas colheradas em silêncio. Enquanto isso, Eve preparou um chá fresco.

— Imagino que você tenha escutado — disse Izzy.

Eve pôs o bule na mesa e não negou, apesar de sua vontade de o fazer.

— Brigamos — explicou Izzy, sem necessidade.

— Vocês estão lidando com muita coisa — apaziguou Eve.

— É — Izzy se serviu de um pouco de chá e acrescentou leite de um jarro azul e branco. — Isso era de Gin-gin, não era? — perguntou, olhando para o jarro.

— Era sim. Eu trouxe daquele apartamento que ela tinha em Primrose Hill.

— Sinto tanta falta dela. — Izzy baixou o pequeno jarro, observando-o com pesar. — Estou cansada de ouvir que ela era uma megera. Sinto saudade dela.

Eve pensou por um instante, buscando os recursos adequados. Queria ajudar a filha da mesma forma que Gwen e Beth a ajudaram em momentos assim. Queria oferecer apoio real, nem muito forçado nem condescendente.

— Não me surpreende — observou com delicadeza.

Izzy ergueu os olhos. Havia certa inquietude neles, mas sua voz foi firme:

— Porém você a detestava, não é? E meu pai também. Simon... ele disse que só eu gostava dela.

Eve suspirou e achou melhor ser objetiva:

— Ela era uma mulher difícil. Muito difícil, e uma mãe difícil também, mas isso não invalida sua relação com ela. Vocês duas tinham uma dinâmica especial, que foi importante na sua vida. E ainda é. Não quero fazer você sentir que não devia amá-la, só porque eu não consegui.

O mais estranho é que foi a primeira vez que Eve admitiu, em voz alta, que não amava a mãe. A noção de que as crianças amam os pais era tão intrínseca que Eve nunca tinha se atrevido a dizer aquilo. Dizê-lo foi uma libertação. Apoiou a mão no ombro da filha, sentindo sua fragilidade por baixo do tecido grosso da camisola de flanela.

— Vou tentar ajudar — disse. — Em tudo o que for possível.

Izzy não respondeu, mas levantou a mão e a pousou sobre a da mãe. Foi um gesto breve, porém o calor daquele instante deixou Eve tão grata que ela quase chorou. Pouco depois, afastou-se e começou a lavar a louça do café da manhã. Dispôs alguns ingredientes em cima do balcão.

— O que você está fazendo? — perguntou Izzy.

— Torta de abóbora.

— Que coisa mais americana. Acho que nunca comi.

— Não, nem eu, é por isso que... bem, achei que seria legal fazer algo diferente. Uma novidade.

— Tudo está ficando diferente — disse Izzy, atravessando a cozinha em direção à pia e distraidamente lavando a tigela vazia. — Tudo é novidade.

— O.k., então essa sua fã mandou uma carta, vocês começaram a se corresponder e falar sobre mingau e agora vão a Paris desfrutar uma paixão em comum por crepes. É isso?

— Mais ou menos.

Eles estavam na estrada de novo, Jack dirigia. Foi um alívio discutir a questão sem precisar olhar para Dex.

— E é tudo platônico? Sem sacanagem?

— Sem sacanagem.

— Isso é loucura, Jack — Dex pegou um mapa no porta-luvas. — Consigo entender o apelo... uma estranha misteriosa e tudo o mais, mas é loucura. Esse tipo de coisa nunca acaba bem no mundo real.

— O mundo real é um conceito superestimado.

— Concordo. Mas não muda minha opinião. Você parece bem abalado. Acho que mudou seu jeito de pensar nesses últimos meses. E acho que esse negócio... essa fantasia com uma mulher que nunca conheceu e que talvez nem venha a conhecer, faz parte disso. Parte desse período de... sei lá... tumulto mental por que está passando.

— De repente todo mundo resolveu me explicar a crise pela qual estou passando — observou Jack.

— Bem, talvez "todo mundo" esteja vendo coisas que você não vê.

— Tais como?

— Você está meio inseguro, por exemplo, e não tem a ver com Marnie. Acho que o rompimento com Marnie o afetou, mas não muito. Não acho que você realmente a amasse.

Jack ficou surpreso com isso. Não pelo que foi dito, mas por ter sido Dex quem disse.

— Era tão óbvio?

— Bastante. Para mim, pelo menos. Para ela também, provavelmente.

— Estou cansado de deixar as mulheres infelizes, Dex. — Jack deu um suspiro, acomodando-se no assento. Estavam passando por um trecho comprido e reto da estrada, com o carro praticamente indo sozinho. — Não tem sentido e é cansativo. Estou velho demais para isso.

— E quanto a Adrienne?

— O que tem Adrienne?

— Bem, Adrienne é uma mulher atraente, Jack. Conversei com ela, e ela está gostando de você. Por que não sossegar com Adrienne um pouco? Passar um tempo tentando entender o que está rolando. Talvez pudesse até consultar um terapeuta ou algo assim. Mas você não vai conseguir o que deseja saindo por aí atrás de uma solteirona solitária em Paris. Isso se for mesmo uma solteirona britânica solitária. Se não for uma bicha velha do Marrocos enganando você. Droga, Jack. Não me faça voar até Paris para identificar seu cadáver.

Jack sorriu, mas não respondeu. Encostou o carro numa área para descanso e sugeriu:

— Que tal esticar as pernas?

— Claro.

Jack saiu e se encostou no carro, observando o trecho de estrada aberta e as folhas ainda reluzentes de uma acerácea. Dex deu a volta pelo porta-malas e ficou ao lado do amigo. Cruzou os braços numa postura relaxada.

Os dois ficaram ali, no silêncio cortante e envolvente, sob o calor dos braços aquecidos pelos casacos de outono, enquanto a leveza e as gozações do dia a dia daquela amizade se dissipavam em outra coisa. Jack sentiu que o que motivava Dex não era a dependência, às vezes embriagada, que os dois expressavam um pelo outro tantas vezes ao longo dos anos, mas sim uma preocupação pura e sincera.

Jack tinha falado de Eve para Dex em parte para ouvir exatamente aquilo. E tinha bastante certeza de que ele diria que era maluquice. Porque às vezes, durante o dia, Jack também achava o mesmo. Algo a respeito de seu relacionamento com Eve era um pouco estranho. Não tanto a amizade em si, mas a dependência que passou a ter de uma estranha.

Mais tarde, quando pararam para reabastecer, Dex foi ao banheiro e depois foi tomar um café. Enquanto isso, Jack ligou para Adrienne.

— Oi, querida.

— Jack?

— Quem você estava esperando?

Ela deu uma risadinha. Jack ouvia o zunido interminável do trânsito na rodovia depois da barreira protetora de prédios, cartazes e placas de sinalização.

— Bem, não estava esperando que fosse você. Achei que talvez vocês dois estivessem se abstendo de mulheres, sabe, homens na estrada e tudo o mais?

— Ah, sim, é uma viagem movida a testosterona.

Ela riu de novo. Era um som agradável.

— Estou com saudades — disse. Viu Dex atravessando o pátio de entrada, voltando para o carro.

— Que meigo.

— Você vem no próximo fim de semana?

— Hum... Claro, acho que sim. Me ligue quando voltar, até lá vou saber.

O desinteresse de Adrienne o fez desejá-la mais.

Dex abriu a porta e entrou no carro. Mostrou um jornal para Jack e bateu a mão na publicação, indicando uma foto sua. Era um artigo sobre o novo filme.

— Foi Adrienne quem tirou? — perguntou Jack, reassumindo o volante.

— Não, é uma foto promocional — explicou Dex. — As da Adrienne são melhores.

— Ela é boa, não é?

— Claro que é. Você acha que eu ia lhe arrumar alguém sem talento?

Jack riu e respondeu:

— Não. Acho que não.

— É perigoso — disse Gwen. — A gente lê sobre essas coisas o tempo todo. Esquisitões na internet.

— Ele não é um esquisitão, Gwen.

— Bem, as pessoas não costumam achar que gente esquisita é esquisita, não é? Esse é o problema.

— O nome dele é Jackson Cooper. É um escritor muito conhecido.

— É o que ele diz ser.

— Bem, eu vou saber, não vou?

— Como?

— Se eu vir um homem parecido com Jackson Cooper, vou saber que é ele.

— Ainda pode ser um esquisitão. Tem muita gente famosa esquisita.

— Acredito que seja verdade — concedeu Eve. Ela sabia que Gwen era a voz da razão em sua vida, e o que estava dizendo era, de fato, muito razoável. Era o que Eve teria dito para qualquer um: não seja tola.

— Você não vai querer viajar a outro país para se encontrar com um sujeito esquisito — disse Gwen. — Além do mais, tem muitos tipos assim no The White Horse num sábado à noite, se você estiver interessada.

Eve pensou naquela conversa enquanto terminava de fazer a torta. Depois, quando a carne de porco estava no forno, sentou para ler a seção de artes dos jornais da véspera. Havia um artigo sobre um novo filme a ser lançado na primavera. Eve leu, sem ter ideia da ligação existente entre ela e o lindo ator das fotografias.

Capítulo Dez

— Eu falei que estava com saudade.

— Agora eu acredito.

Na luz de fim de tarde, as feições de Adrienne estavam mais suaves, difusas. O nariz reto e a linha definida dos lábios pareciam menos esculpidos, como se a cera perfeita que os moldasse tivesse começado a derreter. Isso deixou Jack mais sentimental. Passou um dedo pelo braço dela, acariciando a dobra na altura do cotovelo, deixando-se cair sem medo num estado de adoração.

— A gente teve um mal-entendido — ele disse, baixinho.

— Sim — concordou Adrienne, mas sem muita ênfase.

— Não quero que aconteça de novo. Ao menos gostaria de evitar isso o máximo possível. — Jack a beijou no ombro.

Adrienne virou, tirando a mão das costas nuas dele. Além da pele subitamente exposta, o movimento também despertou o restante do corpo de Jack. Ele sentou na cama. O quarto conhecido, a colcha de pele de búfalo e as roupas de cama douradas, o começo de uma rachadura fina no gesso num dos cantos do teto, tudo entrou em foco.

— Você quer uma taça de vinho? — perguntou.

— Claro — ela respondeu, também se levantando. Seus seios pequenos e bonitos emergiram dos lençóis, oscilando como raios de luz em um diamante. Como sempre, ela o fazia pensar em coisas puras, em água.

— Pode ficar — disse. — Eu pego.

Ela ajeitou o travesseiro e apoiou as costas, abrindo um sorriso.

Jack voltou com as taças e a garrafa, sentou ao pé da cama e olhou para ela. Fizeram um brinde erguendo um pouco as taças.

— Você é linda — disse Jack.

— Obrigada — ela respondeu, sem modéstia, aceitando o elogio como se fosse um comentário sobre sua altura. Adrienne se sentia confortável consigo mesma, mais um contraste em relação às outras mulheres com quem Jack tinha se envolvido, mais neuróticas — mais cheias de vida, divertidas, até mais sensuais, de um jeito óbvio, porém neuróticas. Jack começou a perceber que já estava cansado de neuroses. Que não precisava mais disso.

— Eu estava pensando nos feriados — disse. — Pensei em dar uma festa aqui no dia de Ação de Graças. Não faço uma reunião de amigos e vizinhos há algum tempo, e já tem um pessoal me cobrando.

— Uh-hum.

— Você vai estar na cidade? Quer vir? Será que não podia ficar mais um tempo, talvez passar uma semana?

Só mais tarde ele percebeu que Adrienne não tinha respondido ao convite. Na hora, Jack pegou a taça da mão dela e colocou sobre a mesa de cabeceira, ao lado do relógio de couro que tinha pertencido a seu pai. Depois acariciou um daqueles seios duros e empinados e fez amor com ela de novo, devagar, quase de maneira respeitosa. Já estava escuro quando os dois tomaram um banho, se vestiram e desceram a escada.

— Então, o que você diz? — perguntou Jack quando sentou com Adrienne para comer. Era um jantar simples, uma concessão a ela. Jack sabia que, se as coisas não funcionassem com Adrienne, a culpa seria dele. Ela era uma mulher adulta, atraente e talentosa, sem excessos emocionais. Jack ia tentar fazer dar certo.

— Eu costumo passar o dia de Ação de Graças com meu pai, Jack. Em San Francisco.

Ficou esperando um convite, sabendo que na verdade não queria ir, mas ainda assim murchou um pouco quando não foi convidado.

— Ah, claro. Sem problema. Talvez no Natal, então.

— Claro — ela concordou.

— Ou no Ano-Novo — sugeriu, querendo uma resposta definitiva, um compromisso com alguma coisa, com ele em especial. Mas ela continuava pairando fora do seu alcance. A falta de disponibilidade de Adrienne era um desafio.

— Ano-Novo — ela disse, sorrindo. — Ainda tem tempo até o Ano-Novo.

Eve,

Concordo com você quanto às conveniências da solidão, embora escritores nunca fiquem realmente sozinhos. Mas vivi experiências alegres na juventude e acho que isso fomentou minha confiança no mundo. Estamos chegando naquela época do ano em que a afeição irrestrita é uma tradição imposta pela cultura e pelas grandes corporações, mas devo dizer que aceito isso de bom grado. Adoro as decorações e os rostos sorridentes. E as batatas-doces (receita em anexo).

Feliz dia de Ação de Graças, Eve.

Jack

Jack, não consegui batata-doce, mas preparei um peru em homenagem a seu feriado. Só o peito, com manteiga e vinho branco. Fiquei pensando se essa combinação funcionaria com pato. Talvez fique muito forte, mas, com vegetais cozidos e nabos para cortar a doçura, talvez funcione. O que você acha? Sou meio preguiçosa com pato, geralmente só compro o peito e faço um molho com xerez, suco de laranja e geleia. Talvez seja uma boa fazer alguns testes. A propósito, se algum dia for assar um pato inteiro, seque a pele com um secador de cabelo. Fica quase tão crocante quanto se deixar pendurado.

E... eu fiz uma torta de abóbora, não no dia certo, mas algumas semanas atrás quando tinha alguns rostos, não tão sorridentes, mas alguns rostos para comer comigo. Gostei bastante, embora só tenha encontrado abóbora em conversa, que é um pouco farinhenta e descorada. Estou mandando uma receita de bolo de abóbora dos tempos da guerra que talvez você goste. Leva essência de coco, que não era usada na época, mas fora isso acho que deve ser fiel ao período. Na época, eles davam um jeito. Especialmente por aqui.

Espero que você esteja bem.

Eve

Jack achou a escrita um pouco formal. Lembrava mais o tom das primeiras cartas. Eve não mencionou Paris, e ele ficou aliviado pelo plano ter sido engavetado. Afinal, talvez Adrienne não gostasse muito da ideia. Nunca dá para prever as reações das mulheres a esse tipo de coisa. É claro que ele a convidaria. Adrienne poderia ir a Paris com ele. Os dois podiam se encontrar com Eve. Mas, mesmo enquanto se envolvia nesse raciocínio, sabia que era absurdo. O que ele tinha com Eve era diferente. Tinha sido diferente desde o começo. Algo separado do restante de sua vida. Jack respondeu:

Estou muito bem. E obrigado pela receita de bolo de abóbora. Vou experimentar.

Jack

* * *

Jack passou o dia de Ação de Graças na casa de Lisa. Ela chamou um bufê de Nova York para servir a refeição e passou a maior parte do dia nos braços de seu bilionário alemão, um homem alto, com um queixo de bigorna que refletia sua personalidade.

Os três filhos adolescentes do bilionário alemão também estavam lá. Olhavam para Lisa com um desprezo palpável. Ela olhava para eles e falava como se fossem criancinhas. Sem dúvida, gostaria que fossem. Jack, distanciado e imbuído daquela benevolência que a culpa é capaz de gerar num homem, sentiu-se mal por ela. Conseguia ver, de seu novo ponto de vista empático, que se o bilionário alemão tivesse aparecido com uma filhinha em vez dos garotos, talvez Lisa tivesse uma chance. Poderia conquistar a criança com bugigangas e brincadeiras, pois muitos dos atributos incômodos de Lisa seriam atenuados pela tranquilidade de um pouco de afeto e diversão. Ficou contente ao notar que o bilionário olhava para Lisa com a expressão de um garoto que capturou uma borboleta num jarro.

— Essa é Bitsy — disse Lisa para Jack, a expressão sugerindo que estava fazendo um favor; seu novo status de comprometida a tornara mais graciosa.

Bitsy, uma divorciada dentuça que fora casada com um político proeminente, sorriu para Jack. Estava acompanhada da filha paqueradora de dezessete anos, que parecia ter atraído a atenção de um dos filhos do bilionário. A garota também sorriu para Jack, mas ele já estava procurando uma saída. Quando o rapazinho entrou timidamente no grupo, ele aproveitou para pedir licença e se afastou.

— Meio que parece um circo, não é? — comentou Jack, animado ao encontrar refúgio na figura de um velho amigo, Henry Franklin, parado num canto ao lado de um armário tão cheio de quinquilharias, pratos e adornos de luxo quanto o restante da casa. Com o acréscimo das velas, das flores e de uma infinidade de decorações para o feriado, além da multidão animada e bem vestida, o efeito era caleidoscópico. Henry observava o evento com uma expressão que a Jack pareceu refletir seus próprios sentimentos: algo entre o fascínio e o horror.

— Cheio de macacos e palhaços — respondeu Henry.

— Como você está, Henry?

— Nada mal, garoto. E você?

— Envolvido no divórcio número dois. Chegando aos cinquenta. Procurando o sentido da vida.

— Pare de procurar. Vai dar um chute no seu saco quando você menos esperar.

Jack deu risada.

— De qualquer forma — continuou Henry —, não se deixe levar muito por isso de cinquenta anos. Nada de errado com a idade, a não ser pela velocidade com que chegam os sessenta — deu um gole no drinque. — E nem queira saber sobre os setenta e os oitenta. Esses canalhas chegam por trás.

Os dois riram.

— Desculpe não ter aparecido mais desde... — Jack hesitou e tomou um gole, Campari com soda inspirado pela ocasião, lembrando mais uma vez de sua recente falta de solidariedade.

— Desde que Suzanna morreu — completou Henry.

— Desde que Suzanna morreu — ecoou Jack.

— Bem, eu não ando tão animado sem Suzanna.

— Não? — perguntou Jack, sério.

— Não. Também estou mais magro.

— Ela era a melhor cozinheira que já conheci.

— Ela dizia isso sobre você.

— É mesmo?

— É.

Henry usava seu traje habitual, paletó de tweed com gravata-borboleta marrom. Olhou para Jack, não com olhar paternal, mas talvez como um daqueles professores sábios de faculdade dos quais você tende a se lembrar com carinho depois da formatura.

— Então, por que não está cozinhando hoje? Estava esperando um convite. Para ser honesto, a única razão de ter aceitado vir aqui, além de poder me livrar de um voo até a casa da minha filha para ser tratado como um caso geriátrico durante três dias, foi ver você e pedir para preparar um filé no Natal.

— Ando cozinhando menos, Henry. Acho que cozinho pela mesma razão que as outras pessoas bebem. Para esquecer.

— Porra nenhuma — rebateu Henry. — Alguma mulher está mexendo com sua cabeça.

— Henry, você é a segunda pessoa no mesmo período que me acusa de ser incapaz de pensar sem a influência de uma mulher.

— Não incapaz, Jack, relutante.

Lisa deu uma risadinha por perto. Jack estremeceu.

— Por que você diria isso? Penso em mim mesmo como um homem bem independente.

— Ah, bem, depois dos cinquenta isso é bobagem. Quando os homens dizem coisas assim, só significa que eles fazem o que as mulheres mandam como qualquer outro imbecil, mas depois as fazem chorar e se convencem de que são heróis. Por sorte, homens inteligentes e heterossexuais, duas categorias nas quais você se encaixa muito bem, acabam superando a ideia de serem independentes das mulheres. Levei muito tempo para descobrir que precisava de Suzanna e que não queria mais fazê-la chorar.

— Fico surpreso que você já tenha feito Suzanna chorar. Vocês eram o casal mais feliz que já conheci.

— Talvez fosse por conta da culinária.

— Talvez.

— Não pare de cozinhar, Jack, e não desista da ideia de que existe uma boa mulher, a certa para você. Muitos homens da sua idade acabam ficando com alguma criatura sem graça, ou pior, uma enfermeira, só porque estão com medo. Temem perambular por aí com manchas de ovo na gravata até o carteiro encontrá-los mortos atrás da porta depois de tentarem mijar pela caixa de correio numa noite gelada. Jack, se você não encontrar a mulher certa, viva sozinho, escreva e cozinhe bastante. É nisso que você é bom, e no fim são as coisas em que somos bons que trazem alegria, que nos deixam ser nós mesmos. Sou um homem velho pra cacete, Jack, e sei disso. Agora, trate de me convidar para o Natal e me busque outro drinque. E cuidado com aquela dentuça com a pequena Lolita a reboque. Ela o colocaria na cadeia antes de você conseguir dizer pensão alimentícia.

No dia seguinte, Jack acordou tarde. O mar e o céu pareciam unidos e metálicos, e havia uma geada pesada. Acendeu a lareira e pôs uma música. Em seguida, numa cozinha livre de pretensão e desperdício, fatiou seis cebolas e as jogou numa frigideira pesada com um pouco de manteiga derretida em baixa temperatura. Deliciado com a sensação de contentamento — Jack achava o processo de caramelizar cebolas tão agradável quanto um banho quente —, deixou a frigideira e a manteiga fazendo seu trabalho e voltou para perto do fogo, sentando-se com um livro.

Era um romance curto e recente que todo mundo estava lendo — presente de Adrienne. Tinha chegado por um mensageiro, com um bilhete: "Jack, você precisa ler isso. Adrienne". *Você precisa.* A ênfase fez Jack levantar uma sobrancelha, mas ele acabou se resignando. O.k., vou ler.

Sentou-se com um copo de Pernod e apoiou os pés calçados em mocassins na borda gasta de seu banquinho predileto. O aroma adocicado das cebolas chegou até a sala, inebriando Jack. O fogo produzia seus ruídos domésticos e crepitantes habituais, e as melodias de um pianista conhecido vagavam pelo ambiente, ora mais altas, ora mais baixas, saindo do alto-falante no canto da sala. Abriu o presente de Adrienne com cuidado, como se estivesse virando uma rocha, e dobrou a lombada do livro com o dedão, para poder ler com uma só mão.

Depois de cinco páginas, já estava se perguntando o que poderia dizer para Adrienne. Ela tinha ligado para confirmar se o presente tinha chegado, e era óbvio que pretendia discutir o conteúdo com ele. Leu mais cinco páginas. Depois, levantou e foi mexer as cebolas mais um pouco com uma espátula de madeira, embora não fosse necessário. Voltou para o livro pela terceira vez, olhando para ele do jeito que um velho olha para o relógio. Folheou mais algumas páginas. A essa altura, sua falta de interesse já era tão grande que começava a afetar o prazer do perfume que vinha da frigideira.

Fechou o livro, encarou a capa por um instante — uma imagem linda de uma folha contornada em preto —, levantou e voltou para a cozinha. Abriu a tampa da lata de lixo com o pé e jogou o livro dentro. Esvaziou o copo de Pernod.

Observando o horizonte e os pedaços de geada que decoravam as margens da paisagem de novembro, Jack percebeu que a ausência de maus hábitos não seria o suficiente para sustentar seu relacionamento com Adrienne. E também percebeu, a contragosto, que tudo se resumia a isso. Ela não tinha nenhum defeito óbvio, e ele andava se comportando o melhor possível. Mas em breve ele iria querer sair alguma noite para comer um bom bife e conversar sobre ostras, ou então abrir um livro de ficção de quinta categoria enquanto ela estivesse por perto, e embora soubesse que Adrienne não iria reclamar nem discutir por causa de atitudes assim, e talvez até concedesse uma espécie de permissão silenciosa para manter seus hábitos, também sabia que isso não seria o suficiente. A atmosfera entre ambos seria sempre perigosa, pontuada por acordos espinhosos. A negociação deixaria os dois exaustos. Não valia a pena. Ele teria de encarar a verdadeira solteirice. Não esse negócio de brincar de ser solteiro. A coisa em si. Teria que ficar a sós consigo mesmo e ver se a relação funcionava.

Jogou um pouco de tomilho nas cebolas, quebrou três ovos numa tigela e acrescentou creme de leite, sal e pimenta.

Eve fez a cama com meticulosidade, como fazia todas as tarefas, sentindo o mesmo prazer alisando a superfície dos lençóis que costumava ter ao observar as fileiras de itens em conserva com rótulos e datas de vencimento na despensa. Sentia uma alegria rara: teria o final de semana para si mesma. Tinha gostado das visitas de Ollie e Izzy, tão frequentes nos últimos tempos, mas o silêncio sempre tivera um efeito fortificante sobre Eve. A perspectiva de um fim de semana sozinha numa casa bem abastecida, com apenas um livro e uma lareira como companhia, fazia com que se sentisse calma e protegida de qualquer complicação inesperada. Apesar dos progressos recentes, ela ainda precisava desses santuários.

Desceu e fez uma segunda xícara de chá para acompanhar a torrada, que amanteigou enquanto a água do chá fervia. Usou um pouco da geleia de amora do ano passado na torrada antes de cortá-la na diagonal e servi-la em um prato de porcelana combinando com o bule, a xícara e o pires. Era seu conjunto favorito: com pequenas aves exóticas de uma exuberante plumagem rosa e laranja, pintadas num fundo de folhas verdes.

Organizou os itens do café da manhã numa bandeja e a levou para a biblioteca, onde já tinha acendido a lareira. Serviu um pouco do chá, sentou-se e abriu o livro. Era um dos romances de Jack. Eve ainda achava que ler durante a manhã era um hábito preguiçoso, mas Beth a tinha ensinado a se permitir alguns desses hábitos.

Lá fora o dia estava pesado, com nuvens baixas e uma garoa. Eve se levantou, acendeu mais uma lâmpada e pôs uma música.

Então, às 9h38 da manhã de um sábado úmido de novembro, Eve Petworth, vestida com uma saia de lã até os joelhos e um suéter de caxemira marrom, ergueu os braços na direção de um namorado imaginário e, de maneira lenta e graciosa, com os pés roçando de leve o carpete turco como se fosse um assoalho de tacos, fechou os olhos e dançou.

Jack acordou às 4h44. Levantou, encheu um copo com água da torneira do banheiro e tomou. Voltou para a cama, mas não conseguiu dormir. Ficou deitado por um tempo, deixando os olhos se ajustarem à escuridão e encarando um prego sem uso ao lado da porta do banheiro. Marnie tinha levado a fotografia que ficava pendurada lá, e Jack nunca chegou a reutilizar o espaço. O prego sem uso, combinado com o horário lúgubre, assumiu uma importância opressiva que o tomou de assalto e se condensou num desconforto físico no peito. Sentou, e o desconforto diminuiu um pouco, mas depois voltou a se intensificar, impulsionado pela ausência de luz do sol. Jack levantou, foi até o banheiro e tomou um Alka-Seltzer. Voltou para a cama às 5h15.

Não adiantou nada.

Sentou-se de novo, acendeu a luz e vestiu um roupão xadrez. Desceu a escada, preparou um pouco de café e olhou para as janelas escuras, triste. Ele não estava doente nem falido, e quando terminasse com Adrienne, como sabia que faria, não poderia culpar ninguém por suas imperfeições corriqueiras. Se aceitasse o conselho de Henry e seguisse em frente para a velhice, ou, de alguma forma, atravessasse esse limiar sozinho, teria de assumir a responsabilidade por tudo. Tudo. Droga, pensou. Lá estava ele, afinal. Um adulto.

> *Às vezes acordo durante a noite e, quando isso acontece, gosto de tomar leite e comer biscoitos. Não sei se vocês fazem isso aí. Já vi aqueles filmes britânicos com bons atores e pouco orça-*

mento, e ninguém nunca acorda no meio da noite para preparar leite com biscoitos durante a trama — um defeito, na minha opinião. Talvez tenha a ver com as restrições financeiras ou será alguma outra limitação britânica? Em todo caso, levantei esta noite, e não tinha um maldito biscoito. Fiz alguns, de amendoim. É uma receita da minha avó. Estou enviando para você, não só porque lhe devo uma avó, mas porque acho que essa em particular teria aprovado seus bolos de alfazema. O que eu estou dizendo, aprovado? Ela não teria acreditado. E aquela geleia de pétalas de rosa? Ela teria convidado todas as senhoras do condado para exibir um pote cheio. Uma receita britânica. Ela achava que todas as coisas britânicas tinham muita classe. Estou começando a pensar que tinha razão.

Jack

A propósito, sempre ponho sal no amendoim depois de torrar.

— O que você anda fazendo?

— Nada de mais, pra variar.

— Bem, eu pensei em dar uma passada... Jack?

— Sim?

— Devo dar uma passada?

— Eu não... hã...

— Foi só uma ideia.

— Talvez seja melhor eu ir até aí.

— Jack. Você está tentando terminar comigo?

Adrienne tinha feito aquela pergunta sem nenhuma histeria. Por que não conseguiu simplesmente responder sim?, pensou Jack. Porque era um covarde. Porque não estava pronto para o vazio que o fim do relacionamento com ela deixaria. Porque Adrienne iria embora numa boa. Ele tinha certeza, pois ela não era como as outras mulheres. Não haveria ligações com excesso de recriminações às duas da manhã, pequenos destroços femininos deixados ao redor de sua casa. Ela apenas iria embora.

— Só estou ocupado, Adrienne. Ninguém disse nada sobre terminar. Nunca entendi por que as mulheres têm sempre que dramatizar os menores ajustes de um plano. — No momento em que dizia aquilo, Jack sabia que era grosseiramente injusto. Mas já tinha dado o salto inicial, por isso continuou saltando. — Preciso trabalhar. É você quem me cobra isso o tempo todo.

Houve um momento de silêncio, que pesou em Jack por sua desculpa inconfessa. Ela foi direto ao ponto.

— Jack, se esse relacionamento não é o que você quer, prefiro que me diga. Não estou nada interessada num rompimento clichê em algum lugar público. Esse é o tipo de atitude que homens imaturos tomam para se proteger da histeria de mulheres imaturas. Acredito que nenhum de nós se encaixa nessas categorias.

Jack sentiu a acusação subjacente às palavras, por mais comedida que fosse. Deixar uma mulher inteligente era algo que exigia mais frieza e consciência do que a operação romper-e-fugir com a qual estava acostumado nos últimos anos. Esse tipo de partida exigia cuidado. E, quando tudo terminasse, ele não estaria chafurdando num fracasso banal e obscuro, mas sim encarando o holofote direto e límpido da responsabilidade pessoal.

— Querida — disse —, não estou com muita disposição para socializar. Vamos nos ver na quinta-feira. Aí a gente se fala.

— Tudo bem, Jack.

— Quinta, então.

— Quinta.

Jack desligou, sabendo estar encurralado.

Uma vez fui passar uma lua de mel na Itália. Digo "uma lua de mel" porque em muitos sentidos me sinto distante da ex-

periência, embora tenham sido, agora posso admitir, as duas semanas mais felizes da minha vida. Foi a primeira vez que descobri a vida, acho, e a comida em especial. Eu tinha chegado (espero que isso não o espante) naquele ponto da gravidez em que a fome se torna irresistível, e as semanas de náusea e pavor são substituídas de repente pela alegre chegada da gula.

E amor. Também havia isso.

Depois, quando terminou — levando a leveza e a disposição para me sentir alegre —, quando isso desapareceu, tentei esquecer de tudo: da luz do sol nos meus braços, da brisa passando pelas videiras, da música que tocava no terraço do restaurante espetacular onde experimentei pela primeira vez o potencial do sabor da sálvia na manteiga. E, de muitas maneiras, por muitos anos, consegui esquecer.

E, quando li seu livro — aquele primeiro, Letras mortas, *sobre o qual escrevi para você, aquela cena com o pêssego —, tudo voltou. Mas voltou por uma fonte diferente, mais segura e divertida que minha memória bagunçada. E me senti muito grata — por um instante de prazer profundo que não foi acompanhado de nenhum tormento. Foi por isso que escrevi. Mas se tivesse deixado para outro dia, provavelmente não teria escrito. A pressa — algo fatal para um bom risoto — acabou me ajudando.*

Sua amiga,

Eve

Jack pôs a carta de Eve no colo e a cobriu com a palma da mão, a confissão sincera naquelas palavras pungentes e sinceras, tão adoráveis e comoventes quanto a luz passando por vitrais, e pensou: foi a mim que o seu momento apressado ajudou, Eve. Foi a mim.

* * *

— Não vou deixar você fazer isso, Jack.

— Fazer o quê, exatamente? — replicou Jack, apoiado no balcão da cozinha de Adrienne. Um ambiente que só tinha sido usado por ele, mesmo assim da forma mais limitada possível.

— Se sabotar.

— Me sabotar.

— Pare de repetir o que eu digo. Você sabe o que estou dizendo. — Tomou um gole do vinho, imperturbável como sempre. Era uma característica que Jack considerava muito atraente, mas estava tentando não ceder àquela atração. Ele tinha ido à cidade, reservado um quarto de hotel e tentara convencer Adrienne a se encontrarem em algum lugar, mas ela insistiu para que fosse em seu apartamento. E ele também bebeu, sentindo-se derrotado.

— Você está se sabotando e tentando encontrar um problema à sua volta. Está tentando encontrar uma fonte externa para suas dificuldades, mas não existe nenhuma, Jack.

Jack suspirou:

— Adrienne, você pode estar certa. Aliás, desconfio que esteja, mas isso não muda o fato de eu precisar...

— Esse é o problema, não é? Você não sabe o que precisa fazer. Mas eu sei, Jack. Você precisa escrever. Precisa escrever algo real. Pode parar de protestar em relação a isso. Eu sei. Sei que quer escrever algo em que acredite. Foi só isso que eu tentei fazer, Jack. Ajudá-lo a escrever.

Adrienne se levantou e encostou uma de suas mãos perfeitas no peito dele, encarando-o. Foi o gesto mais terno e amoroso que ela manifestou durante todo o relacionamento. Sua mão irradiava calor através da camisa dele. O desejo de Jack se acendeu como uma serpente atendendo a um flautista. Ele segurou os ombros de

Adrienne com firmeza e a afastou com delicadeza, antes de agir por impulso.

Ela entendeu.

— Faça o que quiser, Jack.

Era tarde, e ele estava com fome. Caminhou pela cidade sentindo o frio de dezembro penetrar no sobretudo. Os preparativos para o Natal estavam a toda, com as ruas tomadas por multidões festivas. Havia luzes brancas nas árvores e decorações douradas nas janelas das lojas. As calçadas estavam congestionadas por grupinhos alegres, todas as pessoas vestidas para a noite.

Jack decidiu comer em algum lugar e tentar não pensar. Foi ao Lucio's. No caminho, deu uma nota de cinquenta dólares para um morador de rua, que olhou para ele com suspeita ao constatar o valor, mas logo deu de ombros e guardou a cédula no casaco de exército grande demais, abrindo um sorriso. Era um sorriso doido, maníaco. Depois puxou a aba de um chapéu imaginário para Jack, que ficou grato por um momento de excentricidade num dia até então desagradável.

— O que você quer, Jack?

— Mais pão.

— Você e suas respostas espertinhas.

— Você está falando como a Suzanna, Henry.

— É, bem... isso acontece.

— Nunca aconteceu comigo.

— Talvez você nunca tenha deixado.

A casa de Henry tinha uma vista ainda melhor que a de Jack. Além de mais livros e mais quadros. Era a casa de um homem de idade que lia muito, ouvia muita música, contemplava um bocado de pinturas bonitas e conhecia muito da vida.

— Agora eu quero. Fico me perguntando por que nunca procurei por esse tipo de relacionamento com uma mulher. Nunca me interessei por uma mulher que pudesse ser minha amiga.

— Se servir de consolo, eu já vi muitas mulheres fazendo a mesma coisa.

— É mesmo?

— Claro. As que são tão burras quanto você.

Jack apoiou a cabeça na mão de novo, baixando o queixo até a toalha de mesa. Encarou os próprios dedos.

— Sei que é meio piegas ter esse tipo de crise por volta dos cinquenta anos — disse. — Mas aqui estou eu, um clichê ambulante.

Henry olhou para ele e disse:

— Escute, Jack. Tenho oitenta e dois agora, e o que mais aprendi na vida é que existem muitas coisas que eu não sei, mas vou dizer isto de graça: se ficar esperando a vida o tirar da cama toda manhã, vai ter de esperar um bom tempo. Você precisa se ligar em alguma coisa, Jack. Traçar um plano, escrever, cozinhar, viajar, fazer algo que tenha vontade, porque o "ai-de-mim" adora um espaço em branco.

— Você é um bom amigo, Henry, fui negligente com você.

Henry deu de ombros e sorriu. A empregada entrou para retirar a louça com os restos de sopa.

— Você tem boa saúde e bons amigos, Jack. E bastante tempo. Isso basta.

É só misturar uma batata picada e um pouco de cebola com manteiga sem sal e cozinhar tudo no caldo de galinha antes de acrescentar a alface rasgada (folhas soltas) e depois o purê. Você pode acrescentar manjericão fresco se quiser ou então engrossar com um pouco de creme de leite ou manteiga batida. Às vezes eu faço isso, mas acho que a batata já engrossa bastante. As pessoas costumam ter dificuldade para identificar o sabor, mas é delicioso e muito prático. Detesto encontrar pedacinhos tristes de salada no fundo da geladeira, e se eles não renovarem com água gelada, essa é uma boa forma de usá-los. Escrevendo isso me ocorre que boa parte da minha vida foi frouxa e solitária, como aquelas saladas esquecidas. Imagino se um mergulho em água gelada me renovaria.

Eve

Jack só tinha alface-romana, por isso acabou deixando a sopa para outra hora.

Gostei do mergulho na água gelada, mas temo que já passei do tempo de ser renovado. Enquanto isso, meu prato predileto feito com sobras leva peru fatiado. É um negócio grosseiro, com curry em pó. A minha mãe costumava fazer. Nunca fiz enquanto ela era viva. E nunca superei a morte dela. Costumo preparar essa receita quando pensar nela me deixa desolado ou alegre. Tem gostinho de casa.

Jack

Capítulo Onze

— Não estou dizendo cancelar, Ollie. Estou dizendo adiar...

— Soa como cancelar.

Izzy começou a chorar. Estava sentada no pequeno sofá que tinha comprado para o espaço em frente à janela que dava para a rua, poucos meses depois de se mudar para o apartamento. Chorando. Não conseguia acreditar que estava chorando de novo.

Ollie também não. Ele detestava aquilo, detestava as nuvens nos olhos até então cintilantes. Preferia a raiva de Izzy. Preferia muito mais. Com a raiva, as reações eram previsíveis, era uma estrada reta. Ele gostava daquilo. Nunca se sentia inseguro, mesmo diante das piores crises de sua noiva. Mas esse novo abismo ao qual ela os conduzia era sombrio e insondável. Deixava Ollie ansioso. Levantou as mãos para o ar, querendo provocar nela um rompante de afronta lúcida, e disse:

— Chega de lágrimas. Izzy, você está assoando o nariz há dois meses.

— E você está emocionalmente distante há dois meses.

Ollie suspirou, mas também sentiu um pouco de alívio. Naquelas circunstâncias, petulância era um progresso.

— Que negócio é esse de emocionalmente distante, Iz? Que bobagem é essa? De onde vem isso?

— Eu não sei — ela respondeu, pesarosa.

Ollie se sentou, desestabilizado de novo. Ele parecia exausto. Estavam discutindo desde o café da manhã e já eram onze horas. Tinha começado por causa de torradas. Izzy reclamou que ele nunca fazia as torradas e, quando ele não fez nada para mudar a situação nem se deu ao trabalho de negar a acusação, seguiu para:

— É assim que a vida vai ser quando eu for sua esposa? — A escalada abrupta pegou Ollie de surpresa. Era sábado de manhã, e ele estava com uma leve ressaca. Sabia que seria um risco, mas caiu no velho hábito: pegou a torrada que ela já tinha feito e passou um pouco da maravilhosa geleia de groselha feita pela sogra. Mordeu a isca como um imbecil.

— Provavelmente — ele respondeu.

Izzy pegou a tábua de pães, ainda com meia bisnaga em cima, e a jogou contra a parede da cozinha. Isso foi por volta das nove horas, e não houve nenhum progresso nesse período de duas horas.

— Iz, por que você não toma um banho, se veste, e a gente sai pra almoçar em algum lugar?

Mas Izzy voltou a olhar para ele com aqueles olhos opacos, que o assustavam, e meneou a cabeça.

— Vá você — disse, sem emoção. — Chame o Rob, ou alguma outra pessoa, se quiser. Só quero ficar sozinha.

É estranho como o conceito de identidade é poderoso e ilógico. Escritor é parte de quem eu sou, e embora eu não tenha que escrever, se não o fizer, parece que falta alguma coisa. Tentei preencher esse vazio com outras coisas, como culinária ou mulheres. Cozinhar ajuda, mulheres, não. Pelo menos não as que tenho conhecido. Mas, até aí, que tipo de mulher vai querer um homem com um pedaço faltando? Um componente-chave. Além disso, estou engordando. As refeições precisam ser preparadas e consumidas numa atmosfera de conforto ou alegria — caso contrário, vira flacidez.

Dois bons amigos, ambos inteligentes, que administraram suas vidas muito bem, começaram a me dizer que preciso me recompor. Fico me perguntando se você vai ser a terceira pessoa a fazer isso.

Com carinho e sopa,

Jack

Eve leu aquela carta seis vezes no total. Quando abriu o envelope, leu três vezes, depois leu de novo, duas vezes. Tinha acabado de reler. Não podia acreditar que alguém, qualquer pessoa, ainda mais alguém tão talentoso, bem-sucedido e bom em todas as coisas que ela não era, fosse querer sua opinião daquele jeito. Não conseguiu definir a realização que aquilo lhe dera, a confiança.

Foi para a cozinha e preparou um almoço planejado e extravagante. Uma sopa cujos ingredientes específicos — aipo e uma única trufa negra — tinham sido encomendados de um fornecedor em Londres. A encomenda havia chegado, para sua alegria, na véspera.

Deixou o aipo de molho no leite e pensou um pouco mais em Jack. Um escritor. Um escritor de verdade. Uma espécie até então desconhecida para ela. Eve chegou a conhecer uma mulher, vagamente e anos atrás, que tinha escrito um romance, mas que se provou um caso de sorte de principiante e não transformou o acontecido numa carreira. Eve tinha lido o livro, porém não conseguia se lembrar da história. Os romances de Jack eram muito mais comoventes. Os personagens eram reais. Dava para sentir suas dores. Ao terminar um dos romances de Jack, não tinha vontade de ler sobre mais ninguém por um tempo. Eve não conseguia entender por que Jack pararia de escrever. Mas, para ser realista, provavelmente havia muita coisa que ela não compreendia a respeito de uma vida criativa. A dela era tão ponderada e prosaica.

Quando ela terminou o almoço, no lugar que tinha preparado para si mesma, com o cuidado meticuloso de uma serviçal da era vitoriana, o céu já estava claro, e ela decidiu sair para caminhar. O ano já estava avançado demais para catar cogumelos, a atividade favorita de Eve enquanto caminhava, e a floresta estava muito úmida, mas ela podia seguir pela pista, subir até a parte alta e admirar a vista de sua casa e do jardim de inverno enquanto pensava no que dizer para Jack. Era muito importante para ela ter cuidado ao lidar com essa nova atribuição na amizade adorável entre os dois. Uma amizade como sua sopa de aipo com trufa, suntuosa e decadente, e só dela.

Eve já tinha vestido o casaco e posto o cachecol quando o telefone tocou, e ela quase não atendeu. Quando o fez, pensou que fosse número errado ou um trote. Mas, depois de um instante, reconheceu a voz da filha por trás dos soluços chorosos.

— Izzy?

— Está cancelado, mamãe. Cancelei o casamento.

— Ah, Izzy.

— Mamãe, você pode vir, por favor?

— Para Londres?

— Sim, para Londres. Agora — a voz dela estremeceu de novo.

Eve hesitou, odiando a si mesma por isso.

— Por favor, mamãe. Não posso pedir folga no trabalho, mas se você pudesse ficar aqui só por uns dias e me ajudar a...

— É claro. É claro que eu vou — concordou Eve. — Vou hoje à tarde.

Havia um trem às quatro e meia da tarde que ela podia interceptar se fosse de carro até Westcastle. Chegaria em Londres lá pelas sete da noite e podia pegar um táxi da estação até o apartamento de Izzy. Mas, enquanto fazia as malas, Eve se perguntou se, quando chegasse a Londres, a crise já não teria passado. Foi o que Gwen tinha dito quando ela ligou para avisar sobre a viagem.

— Nossa Carly fez a mesma coisa — disse a Eve. — Rompeu o noivado com Ben duas vezes antes de chegarem até o altar. Fez o pai subir pelas paredes.

— Espero que você tenha razão — disse Eve.

— Já passei por três delas. Honestamente, pague uma passagem de avião para os dois escaparem por um tempo. Mais fácil pra todo mundo.

Eve não tinha imaginado o quanto o trem estaria lotado. Era raro viajar nas tardes de domingo, aliás quase nunca viajava em qualquer ocasião, e essas coisas simplesmente não lhe ocorriam. Devia ser a última semana de algum recesso escolar, e as plataformas estavam ocupadas por muitas famílias e estudantes. Não havia assentos no trem. Ficou espremida por uma imensa mala preta de plástico que alguém tinha deixado ao lado de um bagageiro lotado perto da porta. Eve se sentiu acalorada e desconfortável no casaco de inverno. Tirou as luvas e as guardou nos bolsos, mas até isso foi difícil. Mal tinha espaço para abrir os cotovelos.

— São essas tarifas de final de semana — ouviu uma mulher reclamando. — Não devia ser assim na primeira classe.

Outra mulher, com uma criança, viu Eve, pegou a filha no colo e disse, gesticulando:

— Chloe, pegue suas coisas.

A garotinha, que tinha por volta de três anos, pegou um livro de colorir da bandeja da poltrona com certa relutância, no mesmo instante em que um homem com rosto largo e agressivo abriu caminho à força e ficou bem na frente de Eve, forçando-a ainda mais contra a massa de bagagens, com alças ásperas de uma mala machucando suas panturrilhas. O torso do homem, coberto por um casaco de náilon amassado, bloqueou a vista e o caminho de Eve. Encurralada, a sensação de calor e da falta de espaço ao redor ficou mais intensa, além do odor azedo de algum alimento que alguém estava ingerindo no corredor. Aquelas foram suas últimas percepções coerentes.

Foi uma mulher mais velha e bem organizada, com assento reservado e quatro sanduíches de queijo com presunto embalados com cuidado num saco de papel reciclado, que soube o que fazer.

— Respire fundo, meu bem — ela instruiu. — Isso mesmo.

Eve deixou a mulher cobrir sua boca e o nariz com o saco de papel, vazio, apesar de um instante de terror em que imaginou que a mulher estava tentando sufocá-la. Alguma coisa estava. Sentiu como se estivesse sonhando, embora aqueles sintomas já fossem conhecidos. O saco de papel ajudou, a respiração ficou mais equilibrada, mas ela continuou se sentindo apavorada.

Além dessa sensação, sua aparência também devia estar pavorosa, a julgar pela expressão preocupada no rosto da pobre jovem mãe. Tinham ajudado Eve a sentar ao lado dela.

— Qual é o problema com ela? — Eve ouviu a garotinha perguntar. Mas a mãe, acomodando-a no joelho, distraiu a filha e desviou sua atenção para a paisagem na janela.

Depois disso, Eve fingiu estar dormindo pela maior parte da viagem.

— Você está melhor? — perguntou a mulher que a tinha ajudado, quando o trem finalmente parou, e a chegada a Londres foi anunciada. Eve, sem ter escolha, começou a se mexer.

— Estou — respondeu. Mesmo sabendo que isso estava longe da verdade. Começou a juntar suas coisas. — Obrigada. Muito obrigada. Não sei o que aconteceu, acho que devia estar com fome — ela mentiu.

A mulher olhou para ela como se não tivesse acreditado, mas sorriu do mesmo jeito.

— Cuide-se, então — recomendou, levantando uma pequena maleta com uma etiqueta grande e se virando para sair.

Eve esperou até todos terem desembarcado, despedindo-se da mulher e da garotinha com um gesto débil. A garota parou e se virou, olhando para ela de novo. Seu casaco tinha um colarinho grosso que escondia o queixo. A mãe a puxou pela mão, levando-a embora.

Eve ficou um minuto no vagão vazio. Depois andou até o bagageiro e encontrou sua mala no chão. Com as pernas ainda fracas, sentiu-se muito mal.

— Recomponha-se — disse a si mesma em voz alta, embora soubesse, pelas sessões com Beth, que esse tipo de raciocínio pretensioso não tinha nenhuma influência sobre sua aflição. Gostaria de poder ir para casa, trancar a porta e sentar no silêncio, sozinha. Mas não podia.

Izzy ainda não tinha se arrumado quando a mãe chegou. Ela sabia disso, e sabia também que a mãe desaprovaria. Ou pensava que sabia, não tinha muita certeza, e essa insegurança alimentava ainda mais sua tendência ao drama. Izzy sentia que estava numa crise que só poderia ser curada por algum drama, alguma preocupação essencial, manifestada abertamente naquele nível que apenas sua avó sempre tivera capacidade de encarar com facilidade.

Eve estava muito pálida quando chegou ao apartamento de Izzy, pagando o táxi com as mãos trêmulas. Ainda sofria de pequenas ondas... não de náusea, mas da sensação de estar prestes a desmaiar. Sentia-se muito abalada e só queria ir para o quarto de hóspedes onde dormiria, onde nunca tinha dormido antes, e deitar no colchão coberto de pilhas de roupas de verão e jaquetas que a filha não queria mais.

Izzy não ofereceu nada para a mãe; então, depois de guardar seus pertences, Eve foi até a cozinha e encontrou chá de camomila. Em seguida as duas se sentaram juntas, mãe e filha, tomando chá em silêncio. Izzy, tendo levantado só para abrir a porta quando Eve tocou, voltou a se sentar, morosa, no pequeno sofá. A almofada já estava afundada depois de um dia inteiro de uso.

— Você não vai me perguntar por quê? — ela disse depois de um tempo, com a voz amuada que lembrou Eve de quando a filha era criança.

Eve colocou a xícara na mesa de centro coberta de livros e revistas, além de uma pequena coleção de porta-trecos.

— Você quer me dizer? — ela perguntou. Sua voz também estava fraca.

— Só estou cansada de tudo — respondeu Izzy.

— Cansada?

— Sim. Cansada de ter que fazer tudo sozinha. Parece que eu sou a mãe.

— É assim que você se sente? Entristeço-me em saber.

— Bem, claro que é assim que me sinto. — Levantou com um pequeno salto e começou a andar pela sala, agitada. — Ter que organizar aquelas reuniões acolhedoras entre você e o papai. Ter que sentar lá com a segunda mulher dele e aqueles garotos, como se fossem a minha família. Pessoas que nunca vi. Meu casamento está sendo sequestrado pelo passado. Pelo seu passado.

— Sim — disse Eve, erguendo a xícara e a girando com cuidado sobre o pires. — Posso imaginar como isso deve ser para você.

— Pode mesmo? Não sei se você consegue. Você é tão ruim quanto o Ollie. Lá no seu próprio mundinho, como sempre. Aposto que já combinou de voltar para aquela sua loja de caridade. O negócio de voluntária que você trata como se fosse um emprego de verdade. Aposto que nem queria vir.

Eve ficou chocada com a verdade daquela acusação.

— Eu *queria* que Gin-gin estivesse aqui!

Eve sabia que Izzy queria magoá-la. Ficou surpresa por não ter funcionado. Mas a força das palavras a despertou um pouco, e ela se lembrou, pela primeira vez depois daquela situação horrível no trem, de algumas coisas que tinha aprendido nas sessões com Beth. Ela se aprumou na cadeira e não reagiu à provocação de Izzy.

— Estou supondo que você tenha conversado com Ollie sobre tudo isso — disse, mantendo a voz baixa e firme.

— Bom, isso mostra o quanto você o conhece. Ollie é um inútil. Não ligou nem para mãe para saber se ela vem.

Aquilo fazia sentido para Eve. Era o encontro entre dois filhos de famílias desajustadas.

— Izzy, você acha que o casamento e essas questões familiares estão lhe deixando chateada? Ou será que você não quer se casar?

Ela parou de andar e olhou para a mãe como se nunca tivesse considerado a possibilidade de essas duas coisas não terem relação.

— Se não conseguimos nem organizar um casamento juntos, o que dizer dos próximos, Deus sabe lá quantos anos?

— Eu só acho que...

— O quê, mãe? O que você acha? Estou interessada. Fascinada, na verdade. Está dizendo que vai arriscar uma opinião? Demonstrar personalidade? Defender um ponto de vista. Agir como mãe. *O quê?*

Eve olhou para a filha, furiosa com ela, e decidiu que esse era um momento que estava para acontecer havia muito tempo. Um momento já esperado. E, naquele instante, ela se sentia incapaz de enfrentar. Levantou-se e saiu da sala. Foi para o quarto, onde sua mala ainda estava ao lado de uma pequena mesa pintada com uma cadeira da mesma cor, acendeu a luminária da mesa de cabeceira, fechou a porta e encostou a cama no batente, vedando o quarto para se sentir segura. Deitou de braços cruzados e começou a tremer. Ficou assim por várias horas. Foi uma noite muito longa.

* * *

Ao amanhecer, Eve acordou e olhou para o relógio na mesa de cabeceira: 7h14. Sentiu-se sem energia. Ouviu Izzy se movendo pelo apartamento, água correndo pelo encanamento e uma chaleira fervendo. Esperou, com o corpo rígido e curvado como uma concha, a porta da frente bater. Trinta minutos depois, a porta bateu, mas Eve continuou parada por alguns minutos. Então, em silêncio, frágil e hesitante, colocou os pés no chão, duvidando se a sustentariam. Levantou e afastou a cama da porta.

Eve preparou uma xícara de chá, mas não bebeu. Vinte minutos depois preparou outra, mas também não bebeu. Tomou um banho, sem lavar os cabelos, e se vestiu. Os botões do cardigã foram abotoados nas casas erradas. Lá pelo meio-dia, ela percebeu que o cardigã estava desalinhado, porém não consertou. À uma da tarde, serviu um pouco de cereal numa tigela e comeu com os dedos, pegando as uvas-passas e as nozes e uns pedaços de algo que talvez fosse damasco seco. Comeu sentada à mesa da cozinha de Izzy, que estava coberta por uma toalha xadrez. Ouviu um sino de igreja marcar o quarto de hora e olhou na direção do som. Telhados ladrilhados se estendiam sobre os pequenos quintais úmidos, a mobília ao ar livre amontoada e os vasos de plantas descuidados no inverno londrino. O céu não tinha mudado de cor desde às nove da manhã. Ela desistiu do cereal e ficou olhando pela janela.

Por fim, o céu ficou completamente escuro, assim como a cozinha, mas Eve não acendeu nenhuma luz, embora tenha se levantado para jogar os restos do cereal, a aveia ressecada e os pedaços marrons de trigo torrado no lixo. Em seguida, foi para a bela sala de estar e sentou no sofá em que Izzy tinha passado a maior parte do dia anterior, observando as luzes se acenderem aos poucos nos prédios ao longo da rua. Não muitas. Era uma região habitada por jovens profissionais, e a rua só começou a se encher de garotas com botas de inverno, pedestres com os casacos agitados pelo vento, táxis e pessoas procurando chaves nos bolsos bem depois das seis horas.

Izzy chegou em casa às sete e quinze da noite. Quando acendeu a luz e viu a mãe, inerte como um cadáver, gritou.

— Desculpe, Izzy — disse Eve, com a voz débil e distante, atravessando abismos.

— Eu não... achava que você não estivesse mais aqui.

Izzy tinha deixado o casaco e a bolsa no corredor, mas ainda estava com um cachecol preto comprido ao redor do pescoço. Apertou o acessório contra o corpo, embora o apartamento não estivesse frio — o aquecedor tinha ligado automaticamente. Eve escutou o equipamento sendo ativado.

— Se você quiser que eu vá embora, eu vou — ela sugeriu.

Izzy não respondeu. Continuava parada no umbral da porta. Parecia muito cansada. O cachecol preto fazia seu rosto já pálido parecer ainda mais branco, e as olheiras que marcavam seus olhos durante os últimos meses se aprofundavam em semicírculos escuros.

— Mas eu queria dizer algo antes. E apreciaria se você deixasse.

Izzy se sentou quase sem perceber numa cadeira à frente da mãe e esperou.

— Obrigada — disse Eve. — Quero dizer que sei que não fui uma boa mãe para você, que não fui uma mãe para você. Providenciei casa e comida, mas isso resume meu envolvimento com sua infância.

Izzy não falou, mas olhou para a mãe com uma expressão que confirmava o que ela acabara de dizer.

— Deixei uma série de babás e escolas e... Gin-gin, minha mãe, criarem você, porque eu me sentia inadequada para fazer isso. Desde o momento em que você nasceu senti que era muito... vigorosa para mim, e que, de qualquer jeito, criar uma filha seria impossível para alguém com minhas limitações.

Izzy pareceu irritada, mas só tanto quanto sua exaustão permitia, quando disse:

— Quais limitações, mamãe? Você tinha dinheiro. Nunca precisou trabalhar. Sei que estava sozinha, mas você podia ter se virado.

— Sim, tudo isso é verdade.

As emoções de Izzy estavam se intensificando. Ela sentou com as costas mais retas. Falou, com a voz neutra:

— Você nunca foi às minhas premiações. Eu era a melhor aluna, e você nunca foi às minhas premiações. Gin-gin estava lá, na primeira fileira, toda bem vestida e aplaudindo como doida, mas você não estava lá nem meu maldito pai. E agora vocês dois não conseguem dizer nada de bom sobre ela. Querem brincar de família feliz no meu casamento quando tudo o que quero é Gin-gin. Não quero me casar sem ela. Quero que ela me ajude a escolher o vestido, me diga qual batom usar, insista que Ollie não serve para mim.

Eve se inclinou, apoiando os cotovelos nos joelhos:

— É exatamente o que ela faria.

— Sim, é o que ela faria. — Izzy começou a ofegar novamente. — É o que ela faria — disse, com um alento final.

Houve uma longa pausa. Quando Eve falou de novo, sua voz estava muito tranquila:

— Quando eu tinha dezesseis anos, um garoto chamado David Pelham me convidou para sair. Era alto e bem bonito, irmão de um amigo de alguém que eu conhecia na escola. Fomos ao cinema. Foi tudo muito casto, ele era tão tímido quanto eu, mas gostei dele. Quando ele me levou para casa, vi que Gin-gin e a amiga dela, Dodo, estavam olhando pela janela. David se abaixou para me dar um beijo de boa-noite, e eu fiquei com tanto medo de elas caçoarem de mim por causa daquilo que dei um empurrão nele. Fui me afastar, tropecei e caí de joelhos. Ouvi as duas dando risada. Se eu fosse como você, confiante, teria beijado aquele garoto, entrado em casa e perguntado o que é que elas estavam olhando. Mas eu não era como você, por isso saí correndo. E nunca mais saí com ninguém até conhecer Simon, no meu último ano em Cambridge, e ele pareceu não se incomodar com minha timidez. Não no começo, pelo menos. E me senti tão determinada que dormi com ele no nosso primeiro encontro. E logo depois você estava a caminho, e Gin-gin foi dizer a Simon que ele tinha de casar comigo. E ele casou. Mas não por muito tempo, como você sabe. Depois disso, você foi a minha desculpa para não sair de casa, e a timidez aumentou. Aumentou e virou algo muito maior, mais monstruoso, e em pouco tempo eu não conseguia ir a lugar nenhum sem vivenciar uma sensação de... terror. Terror absoluto. Tenho ataques de pânico. Não consigo prever, eles me controlam. Vêm do nada e me fazem desmaiar.

— Como aquele dia no pub? — perguntou Izzy, de repente entendendo a situação.

— Sim, como aquele dia no pub.

— E era por isso que você não ia às premiações?

— Sim. E em muitos outros lugares dos quais você deve ter se esquecido, ou ocasiões que não pareciam importantes quando você era jovem, como festas de aniversário e afins.

— Você ainda tem... esses ataques?

— Tenho.

— E você sentiu isso todos esses anos e nunca fez nada a respeito?

— Não. Pelo menos não até agora. E é por isso que peço desculpas. Eu deveria ter feito. Pelo seu bem.

— E não dá para curar essa coisa, com psiquiatria ou algo do gênero, ou medicamentos?

— Existem muitas formas de tratamento, sim. Mas não é curável, ao menos não do jeito que um braço quebrado. Você aprende a lidar com a situação. Achei que tivesse conseguido, na sua festa de noivado.

— Você estava bem. Parecia bem.

— Sim. Foi por isso que pensei ter superado o problema, mas não superei. Ontem no trem aconteceu de novo.

— Talvez você só precise de mais tratamento.

— Sim, acho que talvez precise. Mas, Izzy, não quero que isso seja um fardo para você. Só estou tentando explicar por que não me dediquei mais a você. Ou pelo menos parte da razão por não ter feito mais. — Eve afastou os olhos, observando as luzes amareladas de outras casas pelas cortinas ainda abertas, outras salas, algumas, sem dúvida, com seus próprios dramas e espetáculos, enfrentando dificuldades entre as ervilhas no fogo e o tempo diante da televisão. Mas então, afastando qualquer tentativa de fugir da honestidade, ela voltou o olhar para Izzy. — A ansiedade não justifica tudo. Mas fui uma mãe inadequada de outras maneiras, por outras razões. Sei disso.

Izzy continuou olhando para ela, sem dizer nada.

— Vou começar pelo óbvio e quero garantir que superarei isso porque vejo que precisa de mim. Não sei se um dia chegarei a saber ser mãe, mas vou apoiá-la como puder. E se você decidir se casar com Ollie, ou não, apoiarei sua decisão. Você é minha filha, e eu a amo muito. Amo tanto que sinto uma gratidão sincera por minha mãe por ter conseguido fazê-la um pouco feliz.

No silêncio, Eve sentia o ritmo da própria respiração e da de Izzy.

— Posso imaginar que ela pode ter sido um pouco agressiva com outras pessoas — disse Izzy, baixando os olhos para o tapete, herança de Virginia, de um tom azul-esverdeado muito bonito.

Eve, observando o tapete, ergueu os olhos:

— Sim, mas não com você, que a amava e tem todo o direito de sentir falta dela agora. E quanto ao restante, seu pai, sua família estendida, ou qualquer que seja o termo, você tem de escolher por si mesma como quer lidar com isso. Sei que é uma situação desconcertante, mas não é tão incomum hoje em dia. Não acho que nenhum de nós queira estragar seu casamento.

— Eu sei disso.

— Sabe mesmo?

Izzy suspirou. Um suspiro profundo, de abandono. — Sei.

As duas se entreolharam por um instante.

— Quer tomar alguma coisa? — perguntou Izzy.

— Sim, por favor.

Izzy trouxe a garrafa, uma tigela de azeitonas e batatas fritas e deu uma taça para a mãe.

— Você é tão equilibrada, Izzy.

— Sou?

— Sim. Sei que deve parecer que não presto atenção, mas percebo muitos detalhes em você, e esse é um deles.

— Não tenho me sentido muito equilibrada — ela disse, mas abriu um sorrisinho, puxando o cabelo para trás com a mão.

Eve ficou com Izzy até o fim de semana, e na sexta-feira Izzy ligou para Ollie dizendo para não se preocupar — que tudo ficaria bem e que ela passaria uns dias com a mãe. As duas voltaram juntas de trem, Izzy cuidou de Eve o caminho todo, como se ela fosse feita de porcelana. Mas Eve ficou contente, apesar de o trem não estar cheio e ela ter se sentido muito calma. Ainda em Londres, havia ligado para Beth e agendado uma sessão para segunda-feira. Izzy disse que ficaria para acompanhá-la.

Chegando em casa, comeram uma torta de carne com purê de batata que Gwen tinha tirado do congelador.

— Ainda acho que não entendi bem — disse Izzy. Elas tinham decidido comer na frente da lareira, com bandejas. Izzy puxou uma mesa para perto de sua cadeira e usou para apoiar o prato. — Quer dizer, consigo entender que a timidez pode ser... paralisante, imagino, mas não vejo como isso pode fazer alguém desmaiar.

— É o medo — explicou Eve, devagar. — O medo do que pode acontecer. Não sei, acho que só agora começo a entender.

— Alguém mais sabe? Sobre esses... sobre os seus...?

— Gwen. E acho que Geraldine desconfia.

— Na loja.

— Sim. Não costuma encher muito, mas quando chega muita gente, saio de fininho pela porta dos fundos. E tem semanas em que não consigo sequer ir.

Izzy assentiu, absorvendo a informação, pegando uma embalagem de molho Worcestershire para pôr na carne.

— Clique — ela disse em voz baixa.

— Clique?

— Todas as partes quebraram, agora algumas peças estão se encaixando no lugar.

— Vai ser uma imagem diferente quando terminar.

— Sim.

Alguns velhos amigos de Jack pediram para passar uns dias em sua casa, e ele deixou. Chegando ao segundo terço da invasão de dois dias, que era como Jack sentia, Andy Berkow estava com ele na cozinha dizendo:

— Então, li que talvez você mate Harry Gordon. O que está pensando em escrever?

Jack não estava com uma faca naquele momento, o que foi bom para Andy.

Tal é a essência da vida social, pensou depois — uma bobagem sem sentido. Ainda assim, a casa pareceu deserta e abandonada quando Andy e Sue, sua mulher, foram embora. Apesar do desejo de ver as visitas pelas costas, Jack insistiu que ficassem para tomar um café. No vazio deixado pelo casal, ligou para Dex.

— Vou para uma expedição na floresta, como um homem, para me encontrar.

— Homens não se encontram, Jack. Mulheres se encontram.

— É, bem, talvez isso seja sábio da parte delas.

— Pode ser, irmão. Mas, olha aqui, nada de virar um bundão. Não vai voltar cantando ou coisa do gênero.

— Não estou prometendo nada, Dex. Mas se sentir necessidade de ficar pelado e sentar de pernas cruzadas por longos períodos, dou uma ligada.

— Tem ursos naquelas montanhas, Jack. Tem ursos e caras que conseguem falar sem mexer o maxilar, além de gente casada com a própria avó.

— Quando voltar, eu ligo.

Querida Eve,

Estou me ausentando por um tempo e não vou levar o computador. Ficarei no chalé de um amigo para tentar terminar este livro. Quero dizer, VOU *terminar este livro. E fazer um trabalho decente também, sem distrações. Depois voltarei e aprenderei a ter cinquenta anos com um pouco de dignidade e estilo. O dono do chalé, Henry, tem bastante de ambos. Estou torcendo para ser contagioso. Parto na terça-feira e vou perguntar para Henry se existe um endereço postal. Só tenho instruções — em geral elas dizem "continue dirigindo".*

J

Querido Jack,

Tenho me surpreendido com a exaustão resultante do trabalho psicológico. É fisicamente esgotante. Quero dizer, é estranho que o corpo possa ser tão sobrecarregado pela atividade do cérebro. Ouso dizer que deve haver alguma explicação científica envolvendo adrenalina ou algo assim. Enfim, achei que você deveria saber. Porque se vai encarar essa grande façanha para terminar seu livro, precisará de algo forte para se manter bem.

Estou enviando uma receita de caldo escocês. Aquece o corpo, sustenta e pode ser reaquecido sem perder as propriedades. A preparação inicial leva tempo, mas depois é fácil conservar. Talvez seja assim com seu livro.

Boa sorte,

Eve

Vou fazer esse caldo, mas se o aroma for tão poderoso, pungente e saboroso a ponto de fazer um bando de ursos sair da floresta e me tornar o jantar, que pese sobre sua consciência.

J

P.S. Se eles deixarem um osso de coxa que não esteja mastigado demais, pode usar no caldo.

Tem ursos mesmo?

Tem.

Capítulo Doze

— Isso é... como uma recaída? — perguntou Eve.

— Suponho que seja um jeito de definir — respondeu Beth. — A sensação é essa?

— Não sei ao certo. Na hora pareceu a mesma coisa, as mãos suadas... o medo.

— Uh-hum.

— Mas depois foi diferente.

— Sim.

— No dia seguinte, me senti determinada a não deixar acontecer de novo. A confrontar a coisa abertamente, não só me convencer de novo que já tinha superado.

— E você continua sentindo essa determinação?

— Sim. Continuo.

Eve,

Quando eu era criança, tinha medo de cobras. Não estou dizendo que elas me davam medo. Era um medo profundo, visceral. Eu me recusava a acampar com meu pai por causa disso. E eu adorava acampar.

Então, uma noite, ele me fez admitir qual era o problema. E, quando contei, ele explicou que muitas pessoas têm medo de coisas por nenhuma boa razão. Explicou que é por causa de uma parte antiga do cérebro que faz até mesmo habitantes da cidade se assustarem quando ouvem um galho quebrando. E é por isso, ele disse, que às vezes você simplesmente precisa fazer amizade com o medo. Porque talvez tenha que viver com ele por um tempo.

Jack

Nenhum urso ainda.

Querido Jack,

Eu sabia que se lhe contasse, você entenderia. Como eu sabia disso?

Eve

Você ainda tem medo de cobras?

*Sim, e de muitas outras coisas. Mas vou acampar sempre que posso.**

**Vale dizer que essas oportunidades têm sido esporádicas ou quase inexistentes desde 1987.*

Comecei a entender que não tenho medo das pessoas, nem da vida. Temo como vou reagir a essas coisas. Tenho medo é de mim mesma.

Eve

É por isso que a parte de fazer amigos é tão importante. Aliás, preparei um presunto. Serve ao mesmo propósito do caldo, atraindo minha atenção sempre que as mãos se afastam do teclado. Mas acho que a essa altura é melhor comer do que editar demais, então respondo aos chamados da comida (que é definitivamente feminina — doce e gordurosa).

J

Dê uma olhada no bolo 2 4 6 8. Quando o cérebro não me deixa em paz, às vezes consigo impedir um ataque total recitando a receita. Você pode tentar quando as mãos saírem do teclado.

Eve

Funciona. O demônio estava em mim às onze da manhã: "Você nunca vai terminar este livro. Você nunca vai terminar este livro". Mas revidei. Dois ovos, falei, cento e quinze gramas de manteiga e duzentas e vinte e cinco gramas de farinha, seu merda (você vai me perdoar o vernáculo, estou me mantendo fiel ao contexto da cena). E aí voltei a pôr a mão no teclado e continuei por mais uma hora.

Você é uma maravilha, Eve. Suas cartas, que tenho de andar quase um quilômetro para pegar, são ainda mais importantes aqui. E você parece feliz. Comemore. Prepare uma fornada daqueles biscoitos de parmesão e tome uns goles do seu conhaque para ajudar a descer. Porque se você não reconhecer os bons momentos, minha amiga, eles passam por você correndo.

Você tem razão sobre comemorar a felicidade. Nunca havia pensado dessa forma. Fico imaginando por que os padrões negativos foram tão mais acessíveis para mim. Autopiedade, por exemplo, sempre vem com mais facilidade que alegria. Mais fácil, mas mais dispendioso.

Eve

Fiz os biscoitos de parmesão. Ficaram divinos.

Existe tristeza e existe infelicidade, Eve. Infelicidade é aquela coisa amarga que a gente cozinha. Seu problema é tristeza, uma tristeza opressiva que fico feliz em saber que você está começando a desfazer, mas infelicidade não é o seu estilo. Você me lembrou de não deixar que seja o meu também. Obrigado.

Jack

Izzy pegou o livro da pilha de coisas que Eve estava embalando, sentada no chão com os rolos de papel e a fita adesiva a seu lado.

— Este é o cara que Ollie gosta tanto.

— Sim. É para ele.

— Acho que ele já tem todos.

— Este é autografado.

— Ah, ele vai adorar — disse Izzy, agachando para sentar no chão também, esticando as pernas e apoiando as costas na base de uma cadeira. A cor tinha retornado ao rosto dela. Ela parecia ter voltado ao normal, só que mais calorosa, mais confortável na própria pele.

— Comprei aquele tobogã para Ed e Felix — contou em voz baixa.

Eve olhou para ela:

— Isso foi muito bonito, Izzy. Muito gentil.

Izzy meneou a cabeça, recusando o elogio, mas ficou satisfeita. — E isto. — Abriu a mala e tirou uma caixa de couro para apetrechos de viagem, com as iniciais de Ollie inscritas em ouro. — É o meu presente de casamento pra ele — explicou.

— Você decidiu, então?

— Decidi.

O que você comeu no dia do casamento? Espero que tenha sido extravagante e que me descreva com detalhes. Estou isolado pela neve e tendo que sobreviver de feijão com toucinho.

J

Suas nozes com mel (muito populares), fritas com cheddar (idem), molho de cebola, cogumelos com leite de cabra. Carapau na panela. Ganso recheado de aipo com cebola, batatas assadas com cherívia, nabos e cenouras cozidas, repolho roxo apimentado, brotos, damascos em conserva, chantili, manteiga com conhaque e um pudim de Natal. Chocolates e sorvete de coco. O cardápio foi decidido por escolha popular, pois não estaremos todos juntos no Natal. Coloquei moedas no pudim para as crianças. Fizemos o brinde para Ollie e Izzy com um Sauterne fabuloso que meu genro trouxe.

Foi maravilhoso, Jack.

Izzy estava tão linda. Não consigo descrever. E a mãe de Ollie acabou aparecendo, e não foi tão assustador quanto eu temia. Além dela, da irmã de Ollie e do nosso pequeno grupo atrapalhado — Simon, Laura e os garotos —, todos os convidados eram grandes amigos dos noivos. Todo mundo parou no pub na volta, queriam me dar um tempo para preparar tudo. Gwen ajudou, claro, e uma das filhas veio com ela. O marido de Gwen, George, estava no pub quando Izzy entrou, com seu vestido comprido de veludo e o buquê. Ele disse que todos se levantaram para aplaudir.

Foi o dia mais feliz da minha vida. Não deveria ter sido. Devia ter sido o dia do nascimento dela. Mas talvez prazeres tardios sejam ainda mais doces por conta da espera.

Espero que as coisas estejam bem alegres no seu canto.

Eve

Mamãe,

Obrigada por tudo. Vamos escrever todos os dias.

Izzy X (e Ollie X)

Minha querida Eve,

Foi um casamento perfeito. Nós adoramos. Os garotos ficaram encantados com os doces. Como você faz aquele glacê? É delicioso. Obrigada por tudo.

Com amor,

Laura

Eve,

Sei que Laura escreveu para agradecer, mas este é um agradecimento da minha parte. Não pela comida e pela hospitalidade, que foram perfeitas, mas por você ter sido tão aberta para receber a mim e a minha família pelo bem da nossa família. Você é um exemplo para todos nós.

Simon

Fim — escreveu Jack para Eve. *Paris?*

— Às vezes sinto que poderia ir. Sinto que poderia ser a mulher que ele pensa que sou. Mas não posso.

— Não? — perguntou Beth.

— Eu não sei, talvez...

— Você gostaria de ser?

— Há muitas coisas que eu gostaria de fazer, e ir a Paris encontrar Jack é uma delas. Mas, quando me imagino em um aeroporto, ou numa cidade estrangeira, sozinha, não me sinto à altura.

— Bem, você fez grandes avanços em outras áreas a que não se sentia à altura um ano atrás.

— Eu sei, sei mesmo. Talvez um dia.

Minha querida Eve,

Está acabado. E adivinhe só. Harry Gordon não morreu. Eu o mantive seguro por mais um ano. Ele deve a vida a você.

Eu estava começando a ficar cínico sobre meu trabalho e, pior, sobre meus leitores. Foi um erro e um reflexo de mim, não deles. Você me fez retomar o contato com tantas coisas.

Jack

Fiquei feliz por Harry não ficar com a ruiva. Embora não tenha certeza se é isso que eu deveria dizer. O negócio é que, solteiro, ele pode se concentrar no trabalho. Sei que é um pensamento pouco popular, mas acredito que tenha seu valor. Não é o amor que distrai as pessoas. O amor, acredito, pode ser um grande energético, mas seu esgotamento lento ou, pior, o falso amor, é exaustivo. E não acredito que Harry seja do tipo matrimonial, mas a ruiva certamente é, então não demoraria muito tempo para se tornar um amor falso. Por que estou contando isso? Foi você que escreveu. Eu me perco na história e esqueço. Desculpe.

Muito obrigada por me deixar ler o livro, Jack. Não só o adorei (e adorei mesmo), como saber que ninguém mais tinha lido tornou a experiência ainda mais preciosa.

Eve

Esta semana fiz alho-poró cozido em vinho tinto e caldo de carne e comi frio. Tão bom quanto o seu romance.

Ainda não estou falando sobre Paris. Você sabe por quê.

Li sua carta e entendo sua preocupação. Depois do episódio no trem, faz sentido você ter medo de um aeroporto. Não adianta relembrar que eu poderia buscá-la ou que daria para esperar Izzy voltar da lua de mel para vir com você. Tenho certeza de que já pensou nisso.

Também sei que você tem um roteiro em mente sobre como esse encontro deveria ser. Sei porque também tenho. Já o estou elaborando há um bom tempo. Então farei o seguinte: no dia 28 vou pegar um avião e no dia 29 parto para Le Pont du Sud às seis da tarde. Vou pedir dois kirs. Se não aparecer, vou beber o seu brindando a você, querida amiga.

Eve levantou-se de um salto, atravessou o cômodo como um veado fugindo de uma moita e deu um forte abraço na filha, as duas chorando. Na porta da cozinha, Gwen abriu um sorriso, com as mãos no quadril. Ollie estava ao lado, com uma expressão encabulada.

— Quanto tempo?

— Dez semanas. Ainda é cedo para sair contando, porém queríamos que você soubesse. Mas sei que vai ficar tudo bem. Apenas sei.

— Eu me senti do mesmo jeito com Carly — disse Gwen —, eu sabia. E também sabia que seria um menino, diga-se de passagem.

Todos riram e se sentaram, Eve ao lado de Izzy, com a mão na perna da filha.

— Dez semanas?

— Sim — disse Izzy, trocando um olhar cúmplice com a mãe, confirmando o não dito. — Sim, eu já estava. Na época não tinha certeza, ou fingi não saber, mas, quando declarei meus votos, senti que também estava falando pelo bebê. Foi estranho.

— Então... não foi planejado? — perguntou Eve, com delicadeza.

— Não.

— Não planejado — Eve repetiu para si mesma. — Mas isso...

— Nem parece eu — Izzy completou por ela.

— É verdade.

— Eu sei. Mas agora sou uma pessoa diferente, não sou?

Eve tirou a mão do joelho da filha e tocou aquele rosto amado, sem responder

Ela não iria para Paris. Se é que chegou a pensar em ir, não iria mais. Jack era um amigo maravilhoso havia algum tempo, mas a relação entre eles era uma miragem. Ela não precisava se envolver nessa relação para sentir sua dissolução, para saber que não havia nada sólido ali. Não se comparado a isso, a uma família. Não se comparado ao amor.

Jack mandou um cartão-postal de Le Pont du Sud em branco. Eve não respondeu.

Capítulo Treze

Querida Eve,

Estou escrevendo para mandar meu novo endereço.

Não, não é verdade. Estou escrevendo porque me faz sentir bem. Você poderia ter me encontrado com facilidade, e, em todo caso, eu me mudei seis meses atrás. Mas tenho pensado em lhe contar sobre Paris durante todos esses meses que se passaram e agradecer por você não ter aparecido. Pode parecer estranho, mas não acredito que o será, pois você continua sendo, pelo menos para mim, A Grande Sábia.

Você agiu certo. Naquele momento, eu ainda estava procurando alguma coisa. Não pude ver na época e teria brigado com todas as forças contra essa ideia se me tivesse sido apresentada, mas ainda estava em busca de algo físico para ancorar minha vida. Costumava fazer isso com mulheres e não tinha superado o hábito e, sabe Deus, poderia ter tentado algo das antigas com você. Se tivesse, não estaria escrevendo esta carta agora. Certamente você não a estaria lendo.

Naquela noite, soube que você não viria assim que a concierge me entregou a mensagem. Fui ao nosso local de encontro e bebi seu kir, como disse que faria. Depois jantei. Pedi para manter o cardápio de lembrança, para poder lhe mandar. Agora finalmente estou fazendo isso, mas talvez você queira saber o que pedi; afinal de contas, estava jantando por nós dois.

Comecei pelas alcachofras e evitei o tartar de atum, embora estivesse tentado, para favorecer a lagosta, mas foi o estragão que me conquistou. Adoro esse ingrediente e, tenho feito uma versão de molho de mostarda com ele que posso mandar se estiver interessada. Voltando ao jantar: depois da lagosta, me serviram uma perfeita porção de sorbet de maçã, e pensei em você. Algo tão pequeno, mas tão requintado, então pensei: "Eve aprovaria". Me lembrou do seu comentário sobre comidas de festa e beija-flores. Também porque a maçã era verde, e lembrei que você as especificou para a receita de repolho roxo temperado. "Elas não viram mingau", você disse. E estava certa. Depois disso, comi vitela com acompanhamento de espinafre. Se você tivesse ido, eu a teria feito escolher o coelho para poder experimentar o molho, mas você não foi. Não foi. Depois descansei, meio moroso, antes de escolher os queijos. Não deu para ficar moroso por muito tempo, pois o garçom apresentou a mesa de queijos com um entusiasmo contagiante. Não vou lhe aborrecer com os detalhes, eram todos franceses, maturados e deliciosos. Os vinhos também, naturalmente. E concluí com algumas ameixas fritas — por você, é claro. E um conhaque — de pera. Espero que aprove.

Gostaria de dizer que voltei para o hotel de cabeça erguida, admirei o rio Sena na noite escura e impenetrável e fui acometido por uma espécie de epifania sobre meu futuro (é como eu escreveria se fosse com um de meus personagens), mas não foi o que aconteceu. Voltei para o hotel, pensei um pouco mais em você e bastante a meu respeito, como sempre tive o hábito de fazer, mas acima de tudo senti que eu tinha começado alguma coisa. E tinha mesmo.

Quando cheguei em casa, depois de outros seis dias de excelentes refeições e ótimas caminhadas, percebi que Grove Shore pertencia ao meu antigo eu. Não podia ver meu reflexo numa vitrine sem me confrontar com meus defeitos. Estou usando essa palavra de modo bem melodramático, é verdade, mas quero dizer que tinha me afundado numa vida morosa e acredito que, quando a gente está chegando na meia-idade, ou você se obriga a levantar ou se rende e afunda ainda mais depressa. Então exercitei meus músculos e segui para o norte. Demorei seis meses para me mudar de uma vez e tive despedidas difíceis, mas, quando o pior passou, a realocação foi suave. Comprei uma casa de madeira de bom tamanho, com oito mil metros quadrados de terreno. Ainda olho para o mar, mas ele me responde com mais atitude. As caminhadas são melhores, porém o inverno, mais rigoroso.

Talvez você se surpreenda (mas sei que não vai) ao saber que comecei a me interessar por jardinagem. Lembro de você ter mencionado seu jardim uma ou duas vezes, mas nunca retomei o assunto, e você deixou pra lá — uma correspondente tão altruísta. Bem, de qualquer maneira, se você escrever sobre isso agora, felizmente vou poder aborrecê-la com meu novo interesse. Acho que plantar vegetais pode se tornar uma das minhas grandes paixões, embora eu tenha herdado um gato dos antigos donos dessa casa (que foram morar na Itália — aí você pode ver que é o tipo certo de casa), e ele ganhou um grande pedaço da minha afeição.

Quando não estou lidando com tomates ou imobilizado pelo imenso peso do Major Tom no meu colo, passo o tempo escre-

vendo, caminhando e, aí vai a surpresa, comparecendo duas vezes por semana para ajudar numa escola local. As crianças daqui não sofrem de fome ou doenças, mas algumas delas sofrem para ler, uma prioridade que, para mim, não fica muito atrás. A escola precisava de voluntários para ler com elas, e sou um deles (a srta. John Elliot-Carson é outra. Mas essa é uma história que posso contar outro dia, se quiser ouvir). Na maior parte das vezes leio com um garoto chamado Ethan, que tem quinze anos e é bem agitado. Nós nos demos bem logo de cara, e estou feliz em dizer que a agitação diminui um pouco quando estamos juntos.

Então, agora você pode ver que sujeito íntegro eu me tornei na sua ausência.

De qualquer forma, estamos extraordinariamente felizes aqui, Major Tom e eu, e até tenho minhas esperanças para Ethan. Digo "extraordinariamente" porque me espanto sempre por não ter percebido, antes de completar cinquenta e um anos, quais são os verdadeiros ingredientes para a felicidade. Acredito que cada um descobre sua própria receita, e encontrei a minha. Espero que você tenha encontrado a sua.

Jack

Eve abriu seu exemplar de *Caso encerrado* na dedicatória, na qual leu: "*Para Eve*". "Para Eve." Já tinha olhado aquilo muitas vezes, mas ainda sentia a mesma emoção. Em seguida, colocou o livro na mesa de autógrafos.

Ele ergueu os olhos de relance antes de pegar o livro e sorriu.

— Você quer uma dedicatória para alguém em particular? — perguntou, como havia perguntado para as centenas de pessoas que estavam na fila antes dela.

Era uma multidão bem organizada, pensou Eve, apesar de tudo o que dizem sobre nova-iorquinos.

— Você pode escrever "De Jack" bem aqui, embaixo da dedicatória? — pediu.

Dessa vez, ele fixou o olhar e demorou um pouco para responder:

— Não — respondeu. — Vou escrever: "De Jack, com todo o meu amor".

Biscoitos de amendoim da vovó Cooper

85 gramas de manteiga
1 pequena xícara de açúcar
1 ovo
1 xícara de farinha
1 colher de chá de fermento em pó
1 colher de sobremesa de cacau
1 xícara de amendoim (ela gostava de tostar o amendoim no forno antes. Eu também)

Misture a manteiga com o açúcar, adicione o ovo batido; depois acrescente a farinha peneirada, o fermento em pó e o cacau. Por fim, junte os amendoins já resfriados.

Molde porções pequenas e coloque na assadeira, levando ao forno a 175 graus por 15-20 minutos.

Servir com leite.

Bolo de Natal da vovó

230 gramas de uvas-passas claras
450 gramas de groselhas
230 gramas de uvas-passas escuras
110 gramas de cerejas cristalizadas
110 gramas de cascas de laranja cristalizadas
110 gramas de amêndoas descascadas
340 gramas de farinha
raspas da casca de um limão

4 ovos
4 colheres de sopa de leite
220 gramas de manteiga
220 gramas de açúcar mascavo
1 colher de sopa de glucose de milho
2-4 colheres de sopa de xerez ou conhaque
1 colher de chá de canela
1 colher de chá de especiarias mistas*
1/2 colher de chá de sal

Misture as frutas secas, as cerejas, as cascas de laranja e as amêndoas. Reserve. Peneire um pouco de farinha e adicione as raspas de limão. Bata os ovos e o leite. Faça um creme de manteiga e açúcar e adicione a glucose. Agregue a farinha restante (com o sal e as especiarias) e acrescente aos ovos batidos. Incorpore as frutas e adicione xerez ou conhaque.

Forre uma fôrma redonda de pouco mais de 20 centímetros de diâmetro com papel-manteiga (as laterais devem ter em torno de 10 centímetros de altura).**

Asse a 210 graus por 1h30. Depois asse por mais 1h30 a 180 graus.

Reserve por pelo menos três semanas.

* As especiarias mistas são basicamente canela, noz-moscada e pimenta-da-jamaica. Pode usar o que você gosta de pôr na sua torta de abóbora.

** Sempre faço isso, principalmente por superstição, mas você pode não achar necessário.

ESTE LIVRO, COMPOSTO NA FONTE FAIRFIELD,
FOI IMPRESSO EM PAPEL PÓLEN SOFT 70 G/M^2, NA YANGRAF.
SÃO PAULO, SETEMBRO DE 2014.